神の孵る日《かみのかえるひ》

　灼熱の肉塊が、今にも弾けそうに内で動く。抉られるような快感が腰全体を痺れさせ、擦れ合う肌がもどかしいほどの喜悦を生む。

　満たされて、溢れていく快感。心も身体もぐちゃぐちゃになりそうなほど求めあっている。

神《かみ》の孵《かえ》る日《ひ》

深月《みつき》ハルカ

ILLUSTRATION
佐々木久美子《ささきくみこ》

神の孵る日

第一章

結鞆《ゆぎ》山には水神《すいじん》信仰がまだ生きていて、里人は、〝眠れる神〟を数百年待ち続けているのだという。

千年眠って神が孵《かえ》るその山は、禁山《きんざん》として誰も登ることが赦《ゆる》されていない。


長野県《ながのけん》――。

春の日差しが背中を温める中、鏑矢《かぶらや》は研究室の院生たちと古い民家を訪ねた。三人とも、登山用の靴に標高の高い場所を想定した重装備で、額は軽く汗ばんでいる。

「先生、まだ着かないんですかね」

「もうそろそろあってもいい頃なんだが…なんだ、もうバテてるのか？　まだ平地だぞ」

「いや、だってかなり歩いてますすよ」

「休憩したい～」

普段運動らしい運動をしない院生ふたりは、駅から数キロ続く道のりで既にへたり気味だ。

色白で眼鏡をかけた、線の細い草食系男子の初田《はった》。おかっぱ頭の高橋《たかはし》。目もぱっちりしていてちょっと天然で、黙っていればきれいな子なのに、高橋は少々気が強いのでいつも自分のほうが言い負かされている。

教え子たちは、軽々と歩く自分に少し恨めしげな視線を向けていた。自分は学生時代に山岳部にいた経験もあるから、平坦《へいたん》な道を歩くことなどどうということもない。体格的にも大柄なほうなので、院では〝熊系〟という有り難くもない選別を受けている。

嬉《うれ》しくはないが、顔つきも熊系らしい。黙っているとそれだけでしかめっ面に見えるようで、たまに怖いと言われる。本当はそんなに気難しいわけではないのに、強面《こわもて》の見た目が災いしてか、女性にはとんと縁がなく、慕ってくれるのはこういう教え子ばかりだ。

「大丈夫か？　このあと登るのはあの山なんだぞ？」

やわらかい青空を背景に、周囲は見渡す限り連なる山々に囲まれている。こんもりと若葉の明るい緑が山を埋め尽くす中で、目指した山だけは、白い巨大な岩肌の隙間《すきま》に、木々が這《は》うように立ちあがっていた。奇観の山だ。緑の山々の中で、白い山肌がひときわ映えて、それが周囲の山とは異質なものなのだと思わせる。

「はー……高そう……」

「先生、あのお宅が守野《もりの》さんのお宅じゃないですかね」

「ああ、だがその前に山にご挨拶《あいさつ》だ」

初田が道の先にある古民家を指差したが、鏑矢は立ち止まって山のほうを向き、手を合わせた。

この山に、地域の水神信仰の源、龍神が祀《まつ》られている。里人すら登ることを赦されていないがなんとかして登山の許可をもらわなければならない。

周囲の山とは明らかに異なる様相を呈した山に、無意識に畏敬《いけい》の念が湧いて、鏑矢は深く首《こうべ》を垂れる。

どうぞ神域に立ち入ることをお許しください…。

自分の気持ちを解ってくれたのか、教え子たちも、促さずともちゃんと自分に続いて山に礼をしている。神妙な面持ちで手を合わせる様子を横目でちらりと確認して、鏑矢は微笑《ほほえ》んだ。

村人に入山の許可を得ることも難しいだろう。だがそれより前に、この神聖な山に、足を踏み入れさせてもらうことに、恐れ多さを感じてしまう。そう思わせるにふさわしい威厳を、この山は湛《たた》えているような気がした。

だからこそ、調査をさせてもらいたい。人々が長い間大切に守り続けてきたものだから、その価値をちゃんと学術的に残していかなければいけないと思う。それが、学問を生業とする自分の役目だ。

長い挨拶と祈りを込めた後、民話に出てきそうな藁《わら》ぶき屋根の民家の方を振り返ると、作務衣を着た老人が目を細めて佇《たたず》んでいた。

「守野さんですか？」

「陵徳《りょうとく》大学大学院文学部、人文社会学科の鏑矢と申します。あの、先日お電話しました山の件で…」

「はいはい…遠かったでしょう。御苦労さまでございました。後ろの学生さんも」

現れた家主は、ぐったりしている教え子たちに笑顔で声をかけてくれた。小柄で総白髪の家主は、品の良い笑顔を向けながら敷地へと招き入れてくれて、たったと井戸のつるべを落とす。用意していてくれたらしく、汲《く》み上げた水を、なみなみと盆に置いたコップに注《そそ》いでくれた。

「お暑かったでしょう、まあ、おあがりください」

「すみません。ごちそうさまです」

おいしい、と院生たちはお礼もそこそこに喉《のど》を鳴らして水をもらう。老爺《ろうや》が目を細めて見守りながら、何度も桶《おけ》から水を足してくれた。

「本当に美味《うま》いですね。水が甘い…」

「たんと歩きなさったから、余計でしょう。こんな遠くまでよくいらっしゃいました」

快く座敷に上げてくれた老人は守野という、この山の持ち主だ。村長《そんちょう》の家系だとかで、お上に召し上げられないように、村の意向で山を守野氏の個人所有にしたのだという。

「おかげで、役所も勝手には入れんのですわ」

山林には、個人所有のものと、国などが所有するものとがある。森林の管理計画も出されているが、結局個人所有の山は、持ち主の裁量に任されているのが現状だ。

村全員が、あの山に誰も立ち入らせないようにしているのだ。この穏やかそうな老人も、はたしてうんと言ってくれるだろうか…。鏑矢は恐る恐る、切子細工のコップを盆に返しながら訪問の意図を切りだした。

「あの山は、やっぱり余所者《よそもの》が登ることは許されないですか?」

「余所者も何も、誰も登りゃしません。わしらだって、ここ六十年、登ったこともありませんわ」

高橋がコップに口をつけたまま目を丸くした。老人はそれににこやかに答える。

「あの山の神様は、七十年に一歳ずつ、年をとるのです。だから祭りは七十年に一度だけ…。わしもうんと子供のころに見ましたから、もう次に見られるのは孫たちですな」

「私たちが調べているのは、それなんです」

鏑矢は背を丸めながら真剣に老人を見つめた。普段から威圧感を与えないように、無意識に小さくなるくせがあって、学生たちからは猫背になっていると笑われる。

なるだけ老人に迫らないように気をつけながら、自分たちがどうしてあの山に登りたいのかを説明した。

「うちの研究室では、数年ごと、十数年ごとに祭りを行う地域を調べているんです。私たちは関東甲信越地方を担当しているんですが、結鞆山の祭祀記述は、文献のどこにも載っていなくて…」

「でしょうなあ…。祭りのないときに学者さんが来られても、何も見られんし」

「ずっとお参りもしないままなんですか？」

高橋がマカロンピンクのマニキュアが塗られた細い指でコップを盆に置く。

「そうです。まだ神様は眠っておられますから、そっと里でお守りするのですよ」

眠っているとはいえ、長い間放置すると神様の住まいが荒れ果ててしまうから、七十年に一度、祠の修繕とお清めをするのが祭りの目的だという。

「祭りは全部で十四回、わしが子供のころが五回目ですから、神様が孵るまでは、まだまだ時間がありますな」

「七十が十四回で、九百八十年？」

「違うでしょ。一回目が七十一年目だから、千年超すわよ」

「その通りです。お嬢ちゃんはよくおわかりだ」

老人はふっくりと微笑う。

「前の神様が去られてから、新しい神様が生まれるまで千年。ここは都会と違いますから、のんびりしたもんです」

「……やっぱり、眠っている神様の場所を騒がせてはいけないですよね」

鏑矢は肩を落として老人に同意した。

村人があの山を大事に守りたい気持ちが伝わってくる。結靭山の神様は、この土地の大切な神様なのだ。彼らはその眠りを妨げないように、ただ静かに待ち続けている。それを、余所者が学究心だけで踏み荒らしてよいものではない。

だが、老人はその人の良い笑顔のまま首を振った。

「まあ、そっと見るくらいなら大丈夫じゃなかろうかと思いますよ。眠っていらっしゃるのだから、見つからなければ怒られんでしょう」

「え……？」

「でも、だって今まで村で密《ひそ》かに守っていた神様ですよね？」

「なんも秘密になんかしとりませんよ」

しかし、いままでどの研究にも結靭山に関する資料は無い。それは、部外者に話すことを頑《かたく》なに拒んできたからではないのか。

毒気を抜かれた顔になった鏑矢に、老人がにこにこと答えた。

「偉そうな学者さんが来たこともあります。お尋ねのことにはお答えしましたけん。ただ、聞かれなかったことには答えなかった…それだけですわ」

村人に話も聞かず、勝手に山に登ろうとした調査団の人々もいたのだという。

「わしらにどうやって登ったらいいか聞かないもんですから、わしらも何も教えなかった。だから登れんかったのです」

「あの、それでは…私どもは、お許しいただけたと思っていいんでしょうか」

「神様を大事にしてくれる人はわかりますけん…。鏑矢さんたちなら、きっと山も許して登らせてくれるんじゃないですかね」

何を見てそう判断したのか、老人は佇んでいたときのように目を細めて笑った。最後に選ぶのは山、そう言って拍子抜けするほどあっさりと許可すると、庭の裏手の竹林まで案内してくれた。

「表は岩だらけですから、登る道はここだけですわ。道も七十年に一度しか切り開かないから、素人さんに登れるかどうかわからんですが…」

「いいんですか？」

人差し指を口もとに当てて、老人が茶目っ気たっぷりに笑う。

「ただし、静かにね」

鏑矢はがばっと深く頭を下げる。

「ありがとうございます！」

院生ふたりも次々に頭を下げ、思わぬ快諾を得て一行は竹林から、急な斜面を登り始めた。

◆　◆　◆

「先生…よかったですね。お許しが出て」

初田が息を切らせながら言った。

「意外だったな…俺《おれ》は、しばらくふもとで野宿して粘るつもりだったんだが」

よれよれと後をついてくる初田が笑う。

「人徳ですかね。やっぱり研究バカって、わかるんじゃないですか」

「バカってないだろう…」

言い返したいが、ほとんど事実だし、登る山道が険しすぎて言葉も途絶えがちだ。比較的体力のある自分でもきついのだから、たぶん教え子たちはもっと大変だろう。

全員無言で息を荒げながらも、どうにか山頂付近まで辿り着いたのは、それから二時間後だった。獣が通うわずかな痕跡《こんせき》の道を探し、時に七〇度近くある急な傾斜を、木の枝に掴《つか》まりながらどうにか登った。それでも表側の岩肌をロッククライミングするよりは、はるかに歩きやすい道だろう。

うっそうと茂る木々の葉の間から、木漏れ日が点々と地面に降り注ぎ、熊笹《くまざさ》や、山ブドウの蔓《つる》や葉に照り返る。

「もう少しだぞ…」

「せ……せんせ、待って……」

ぜいぜいと肩で息をしながら、リュックを背負った初田と高橋が遅れ気味についてくる。周囲よりも濃い緑の茂みに手を伸ばし、最後の大岩を登った。

そこで一気に視界が開け、青空が全面に開ける。

「着いた……」

「わあ………」

着く直前まで、どこまで行けば頂上なのかも見えないほど急な壁だったが、大岩の間を割るように生えた低灌木《ていかんぼく》を登り切ると、急に視界が開けた。そこは周囲の山々を見下ろす、孤高の岸壁《がんぺき》だ。

「……すごい……一番高い山なんだ」

初田が興奮気味につぶやく。鏑矢も、遥《はる》か向こうまで続く峰々と、どの山も木々の緑でこんもりと埋め尽くされた景色に見入った。

山を渡る風の音がする…。

そして一同は振り向いて頂上の内側を見、さらに息を呑《の》んだ。目を見張る情景に、声が出ない。

「……」

「……」

「……」

白い岩肌そのままに、頂上も花崗岩《かこうがん》が火山の噴火口のように、すり鉢状に窪《くぼ》んでいる。火口の底にあたる部分には、澄んだ水がたたえられ、白い水底《みなぞこ》に、淵から陥落したと思われる巨石がいくつも沈んでいた。

青く透明な水の底に、巨石の影と、揺らぐ水面《みなも》の影が映る。周囲の視界を遮る高い岩肌の内側は、わずかな隙間から生えた木々の緑陰《りょくいん》が、切り立つ白い壁と鮮やかなコントラストを描いていた。

神様の住む場所……。鏑矢はその畏敬の念に声を失ったままだった。

人々が、この場所を人間の所有ではない、と思ったわけがわかる気がした。まるで、ここだけは違う世界のように静寂で、清らかな空気が漂っている。

十数メートルはある崖《がけ》の直径。切り立った岸壁は完全にこの神聖な泉を隠し、他の山々からは、この景色を見ることは出来ない。

泉は音もなく、水面を風が通り過ぎるたびに、微《かす》かに水底に影を揺らめかせるだけだ。もう何百年も前に沈んだのであろう、四、五メートルはある巨石の影から、時折岩魚《いわな》が音もなくすっと泳ぐ。

静かで、まるで時間が止まったかのような景色だ。声を出すこともいけない気がして、そっと教え子たちの方を振り向くと、やはり同じように、目を見張ったまま深くこの場所に敬意を感じている。

よく守野氏がここへ来ることを許してくれた…。そう鏑矢は感謝した。ここには、本当に神様が住んでいる気がする。

興味本位で暴きたてて良い場所ではないのだ。この場所の学術的価値を証明して、もしこの山が開発や整備の対象になってしまうことが起きたとき、この場所を護るためだけに、調査と記録を残させてもらおう。そう決意して、手で火口のほうに降りる指示をした。

岩を蹴散《けち》らかさないようにそっと岩が段になっている場所を足掛かりにして降りる。きっと静かに眠っているだろう神様を、起こさないようにしながら。

靴音が谷底のような火口に響く。段々畑のようになった場所を通りながら、三人は泉の源泉と思われる大きな岩の割れ目に近づいた。

火口状になった岩肌の中でも、この場所だけがより高くそびえていて、ごつごつと張り出した岩の間に、苔《こけ》や蔓草《つるくさ》が茂って滴り落ちるように生えている。きっと、この場所が一番水分を持っているのだ。高橋が声を潜めて指を指した。

「先生、あれ…」

みっしりと苔むした岩が泉の水面すれすれまであって、その一部に、ちょうど人がかがんで入れる程度の隙間ができていた。

ぐるりと周囲を見渡しても、祠や、それらしきものはない。あるとしたらあの奥だろう。

「静かにな…、そっと入ろう」

初田たちも神妙な顔をして頷《うなず》く。崖の上を渡る風が、岩肌に反響して微かに音を鳴らした。その音も、泉の水にいつの間にか吸収されて、しん、と空気が静まりかえる。

苔で黒々とした岩の間を通ると、ぴちょん、と大粒の滴が滴り落ちて、冷たい岩水を肌で感じた。陽《ひ》の射《さ》さない洞窟《どうくつ》の奥は、ひんやりとした空気が流れる。入り口の小ささに比べると、中は大人が三人並んで入ってもまだ壁に手が届かないほど広かった。

真っ暗に思えたのに、目が慣れてくると、入り口付近の白い水底が太陽を反射しているおかげで、中がうっすらと見える程度に明るい。

「鍾乳洞《しょうにゅうどう》みたいですね…」

「花崗岩だから、たぶん、ちょっと違うんじゃないかな」

「ああ、でもこの水が、泉に流れてるんだろうな」

がらんと天井の高い洞窟の上からは、岩を伝ってぴとん、ぴとん、と冷たい滴が落ちて地面に響く。山が蓄えて浸み出していく、このわずかな水滴が、濾過《ろか》されたように澄んだあの泉に溜《た》まっているのだろう。亀裂《きれつ》がないあの火口状の泉からは、水はどこにも行かず、ただ静かに神様の前に存在しているのだ。

「先生、祠ってこれ？」

「こら、簡単に触るな」

「あ、ごめんなさい」

そっと奥へ進むと、天然の棚のようになった岩の上に、木でできた古い大きな箱が置かれている。装飾類は、祭祀のときにしか置かないのか、周囲を見渡しても、それ以外、何もなかった。

鏑矢は自分の胸辺りの高さにある木箱に、慎重に目を近づける。

「腐食してるな」

白木で出来た箱は、凝った模様が彫られ、それ自体は非常に美しいものだったが、これだけの湿度と年月で、ちょっと触ると崩れそうな状態だった。たぶん、守野氏が言っていたように、七十年に一度、この祠を修繕するのだろう。鏑矢は資料撮影用にデジタルカメラを取り出した。

祠の形状を記録し、フラッシュを何度か光らせる。

正面、側面、そして天面を撮ろうとして背伸びをしたが、どうしても真上からではないため、角度が付いてしまう。

「先生、僕やりますよ」

「？　岩は登るなよ。崩れるかもしれないから」

「もちろん。まかしといてください」

木箱が置かれた棚は、いわゆる神棚みたいなものだ。土足で上がるのは失礼だし、万が一体重をかけて亀裂でも走ったら大変なことになる。初田は興奮気味に頷くと、カメラを受け取り、高橋を促した。軽い彼女を肩に乗せて、壁に手を突っ張ってぐらつかないように支える。

肩車をするつもりなのだ。

「おい、危ないぞ」

「大丈夫ですよ、くるみちゃんは軽いから…わ、…」

「きゃ…」

俺がやる、と止めようとしたとき、案の定高橋の重みに初田の足がぐらつき、高橋は慌てて壁際の岩を摑んだ。

「止《や》めろ、無理に撮らなくていいから」

「はい……あっ！」

高橋がそろそろと岩から手を離した瞬間だった。まるで剝《は》がれ落ちるように摑んだ岩の切片が崩れ、鈍い音を立てて木箱の真上に落ちた。

腐った木が崩れる嫌な音が響いて、その場にいる全員の体が固まる。

——ご神体の上に、岩が落ちた……。

肩車されたままの高橋も、初田も、悲鳴も上げられなかった。悪い汗が背中に噴き出す。

なんということをしてしまったのだろう…、初田がガタガタと震える高橋を降ろし、かける言葉もなく、動揺した瞳《ひとみ》を向けてきた。

ふたりとも顔を引き攣らせている。無理もない…村人が護り続けている祠を壊してしまったのだ。中にいるご神体を傷付けてしまっていたら…それ以前に、部外者が入ったことのないこの場所で、祠を壊してしまったことを、どう詫びればいいだろう……。

それを考えると、どうしようもない不安が押し寄せてくるが、動揺している教え子を追い詰めるわけにはいかない。

震えて涙をこぼした高橋に、鏑矢が無理に笑った。

「大丈夫だ、岩だって自然落下することはある」

「でも…、でも…」

どの程度のダメージだろうか、教え子たちに気付かれないようにそっと祠の上面に目をやって、鏑矢はぎくりとした。

岩が刺さって陥没した場所から、薄い襞《えな》のような半透明の白い膜が見える。その柔らかな膜が、一瞬ドクンと脈打ったような気がしたのだ。

背筋に寒気が走った。このご神体は人間が造ったお飾りなんかじゃない。あの気配が本当なら、先ほど与えた衝撃は間違いなく神の眠りに障っただろう。もしかしたら、その張本人となるこの教え子たちが祟《たた》られるのではないか……。

逃がさなければならない。誰か人身御供《ひとみごくう》をここへ置いて、この子たちに追罰がこないうちに、下山させなければ……。

「とにかく、修繕できるかどうかやってみる。お前たちは一旦《いったん》下山しなさい」

「そんな、俺たちも手伝います。寝袋も持ってきてるし」

「いいから」

鏑矢は追いたてるようにふたりの背中を押して洞窟の出口へ向かった。まだ、あの祠の中が脈打っているような気がする。

「持ってきてもらいたい材料があるんだ。今日はとりあえず俺が応急処置をするから、お前たちで研究室から持ってきてくれ、な？」

古い木材などを復元するための溶剤を指定し、無理に納得させる形で、ふたりを崖まで送り出した。

「陽が暮れきる前に、必ず下山しろ。いいな?」

「はい……」

しでかしたことの大きさに、ふたりは憔悴《しょうすい》したまま項垂《うなだ》れて指示に従う。鏑矢はその背中を祈るように見守った。

山が、このふたりを見逃してくれますように。もし、神の眠りを妨げた怒りが落ちるなら、この場に居る自分にだけ来ますように…。

見上げると春霞《はるがすみ》に夕陽は柔らかく空を染め、水面はまばゆくきらめいている。

鏑矢は深呼吸して、もう一度洞窟に屈んで入った。


水面にちりばめられた夕陽がきらきら反射して洞窟の中を照らすのをじっと眺めているうちに、やがて濃紺に空が染み、気が付くと外は真っ暗になっていた。

何故《なぜ》それが解らなかったのだろう、と端座しながら考え、洞窟の中が、妙に明るいせいだと気付く。

襲が光っているのだ。

「……」

白くぼんやりと、白木の箱の割れ目から襲が光っているのが見える。眠れる神の前で、鏑矢は座して神罰が下るのを覚悟した。

怒りを受ける人柱が必要だ。せめて、教え子たちが無事にふもとに着くまで、この神の様子を見守らなければならない…そう思っていたのに、柔らかく光を発する襲を見つめていたら、不思議と恐れは消えていた。

ざわざわと洞窟の外で、木々の揺れる音がする。山の息遣いだけがするこの場所で、心は妙に平静だった。だが襲の鼓動は時間を追うごとにより確かなものとなって、気のせいでは済まないのがわかる。……何かが覚醒《めざ》める。

今までずっと研究を続けてきて、人知を超えた大きな存在をいつも感じていた。目に見えなくても、それを神と呼ぶかどうかは別として、人間以外の、大きな力の〝何か〟は居るのだ。だから、目の前に起こる出来事も、特別おかしなことには思えなかった。

人が祀るほどのものだ。人間の目に見えるような形の何かなのだろう。

神様なんて、一生かけたって見られるものではないのだから、神の姿を見られるのなら、むしろ研究者としては本望かもしれない。そう思うと、この事態を引き起こした教え子に感謝したいくらいだ。

その時、予告なく突然木箱が崩れた。

「え……」

思わず膝《ひざ》で立ち上がりかけると、ボロボロと形を失った木箱から襲の一部が天を突きあげる。薄い膜からは、細い腕のようなものが伸びあがって透けて見えた。

「……」

半透明に白く光る襲…透けるシルエットは、まるで小さな子供のようだ…。

「ふ…ぁ……」

小さな欠伸《あくび》のような声が聞こえて、中の何かが、襲を取ろうともがいている。鏑矢は慌てて駆け寄り、その膜から出ようとするのを助けた。

「ぷ…は…」

「……！」

膜の中から顔を出した真っ白な子供が苦しそうに息を吐《は》く。鏑矢は絶句したままその姿を見つめた。肩を過ぎるくらいまである、絹糸のようにしっとりと艶《つや》を帯びて白銀《はくぎん》に光る髪、光を滲《にじ》ませる不思議な色の瞳、色素のない、真っ白な肌……。まだ取れきれない膜を手にしたまま、あどけない大きな瞳が、きょとんとこちらを見つめた。

どう見ても小さな子供にしか見えない。

「？」

「か……神様？」

「？？」

こんなに小さい神様だったのか…と思ってから、まだこの神様の眠っていた年月が、ほんの数百年でしかないことに思い至った。確か、守野氏が子供のころで、五回目の祭りだと言っていた。すると、本当に孵る時期までは、あと七百年くらいある。

まだ子供の状態で覚醒めさせてしまったのだ。小さな神様は、いったい何が起きたのかわからないらしく、小首をかしげながら見つめている。

鏑矢はそっと襲を外してやりながらその前に跪《ひざまず》いた。

「すみません。貴方《あなた》の眠りを覚ましてしまったのは俺です。どんな罰でも受けますから…」

「？？？」

「けれどその前に、貴方をもとに戻す方法だけ教えていただけますか？」

まだ、この神様には眠りが必要だ。再び鎮まっていただくために、方法だけは聞いておかなくてはならない。だが、神様の小さな唇からは、まるで違う答えが漏れた。

「？？　ごめんなさい。そういうの、知らないです」

「…え？」

澄んだ細い声と同時に、小さな白い手が頬《ほお》に伸ばされた。

柔らかくて、温かくて、ふわりと花のような匂いがする……。

「手伝ってくれて、ありがとうございました」

「え……いえ…あ、あの……」

小さな神様は、まるで自分の真似《まね》をするように、向かいあわせてちょこんと正座する。

「あ、そ、それは…」

裸足《はだし》の足で、岩の上でじかに正座をするのは冷たいだろう。慌てて上着を脱ぎ、何も着ていない神様の身体をすっぽりとくるんだ。恐れ多いが、どうしても寒そうで痛々しいのだ。

「？」

「こんなものですみません。そのままだと寒いでしょう？」

大きな瞳が覗《のぞ》き込むように小首をかしげる。かけられた上着に手をやって、神様は嬉しそうに微笑《わら》った。

「ありがとうございます」

鏑矢はどぎまぎしてうろたえたままどうしていいか解らなかった。

恐れ多くも、神様に自分の汗臭い上着を貸してしまった。恐れ多くも神様を覚醒めさせてしまった。

でもそれよりも、このふわふわした愛らしい神様の微笑みに、心臓が飛び跳ねたまま治まってくれない。

どうしよう……祟りを恐れていたときよりも、もっと途方にくれて、鏑矢はにこにこと見上げてくる神様を見つめた。


祠の外に出ると、もうすっかり夜だった。水面は凪《な》いだまま、丸く浮かぶ月の光を映して光の道を作っている。

振り返ると、〝神様〟はとことこと自分の後をついてきていた。こんなに孵ったばかりで、夜風などに当たって大丈夫なのだろうか…。

屈みこんで尋ねる。

「寒くないですか?」

ふるふると絹のような髪をなびかせて神様が頭を横に振る。あまりにも子供らしいしぐさに、鏑矢もつい、人間の子にするように、肩を押さえて話しかけた。

「でも、洞窟に戻ったほうがいいですよ。まだ覚醒めたばかりなんだし…」

「いっしょに来て…」

小さな手が服の裾《すそ》を握る。鏑矢はしどろもどろに答える。なんだって、こんなに動悸《どうき》がするんだろう。

「俺は、お邪魔しないように外で寝ますから。どうするかは明日考えましょう」

一晩そっとしておいたら、また子供の昼寝みたいに襞の中に戻ってくれないだろうか…そんな期待を込めて言い聞かせると、真っ白な神様がべそをかいてうつむいた。

「……いっしょがいい……」

「神様…」

いくら神様でも、こんな小さいうちに覚醒めたら、やっぱり心細いのかもしれない…。本当に瞳に涙が浮かんでいる神様に、鏑矢はつい苦笑した。

「じゃあ、恐れ多いんですが、ご一緒させてください。…寝袋を取ってきますから」

ぱっと神様の顔に笑みが広がる。

リュックを置いた泉の端に向かうと、いつの間にか神様の手を引いていた。

指を握りしめる神様の手が温かい。

「そうだ、神様、お名前は？」

「…え、と…珀晶《はくしょう》…？」

「珀晶…」

「はい」

嬉しそうに、弾んだ声が返事をする。

襞から孵った、まぎれもない神様なのに、恐れる気持ちが起きない。

「これは？」

「寝袋です。こっちがリュック」

「りゅっく？」

「荷物を入れて歩くんです。寝袋は眠るときに使います」

「今から眠るんですか？」

ああそうか、神様は今目が醒《さ》めたばかりだ。ちっとも眠くなんかないだろう。そんな当たり前なことに気付いたが、その時にはもう珀晶は楽しそうに寝袋に潜り込み始めていた。

神様をどうにか祠にお戻ししなくてはいけない、そう思いながら、懐いてくるあどけない神様が可《か》愛《わい》くてならない。

「神様、眠くなければ起きていていいんですよ？」

そう声をかけたが、珀晶は胸元に顔をくっつけて、あっという間にすやすやと眠ってしまった。

——今なら、もう一度眠りについてもらえるだろうか。

そっと襲でくるんで、祠に戻して…そんな考えも浮かんだが、普通の人間のように寝息を立てる珀晶を、引き離すことができなかった。

トクトクと鼓動がして、温かい身体…。

とにかく、今は眠ろう。朝になったら考えよう…。そう思って鏑矢は目を閉じた。

◆　◆　◆

珀晶は温かい腕にくるまれて、うとうとと半分目を醒ましていた。

大きな腕、ドクンドクンと規則正しく鼓動が耳に響いて、気持ちいい…とふたたびまどろみかける。本当は、まだまだずっと眠っていたいのだ。でも昨夜、ふいに揺り動かされて目を醒ますと、自分はこの世に〝生まれて〟しまったらしい。

覚醒める前、見守ってくれる気配を感じていた。

今までも、本当に時折誰かが来て、そのたびに揺り動かされて半分目を醒ました。でも大抵すぐに誰もいなくなって、また静かな洞窟でうつらうつらと眠りに戻るだけだったのに、昨日だけは違った。

誰かが待っていてくれる。温かくて気持ちよい何か…。春の日差しを待つ木々のように、土から顔を出す昆虫のように、自分を待っている気配に目を開けた。

きっと待っていてくれたのはこの人なんだと思う。鏑矢の腕の中にいるのはとても心地よい。それでも、知らなかった世界を見てみたくて、珀晶はそっと寝袋から伸び上がるようにして洞窟の中を見渡した。入り口に続いている水面がきらきらと反射して、そちらのほうが少し明るい。

「……」

外はどうなっているんだろう……そろそろと周囲を見渡し、少し迷ってから寝袋を抜け出して入り口まで駆け出してみる。光にあふれた入り口に立つと、目を醒ました世界は、眩《まばゆ》いほどに鮮やかだった。

「わあ…」

さわさわと渡る風、天空に輝く太陽、何もかもがきらめいていて、もう眠りたくても意識が興奮して、元の襞には戻れそうにない。

今も、別な予感に胸がざわめく。

何かがこの泉に近づいている。

なんだろう、それはとてもわくわくする。でもひとりで外に出るのはなんだか嫌だ。珀晶は鏑矢のところへ戻った。

小さく髭《ひげ》を生やした鏑矢は、まだ眠ったままだ。優しい黒い瞳が閉じられていて、なんだかひとりぼっちにされたようで淋しい。

「起きて…」

珀晶は鏑矢を起こそうと、手で分厚い胸板を押してみる。

ゆさゆさと押すと、寝ぼけ眼の鏑矢が、急にしゃっきりと目を開いた。

「あ…わ……わ」

「おはようございます」

「お、おはようございます」

飛び上がるように寝袋から飛び出して、鏑矢が正座をして挨拶をするので、真似をしてぺこりと頭を下げる。

なんだか面白い。人間は、みんなこんな風にするものなんだろうか。

「あっちに、だれかいます」

「え?」

珀晶は指を指して泉の向こうを示した。たぶん、人間だと思う。鏑矢と同じ気配がする。大柄の鏑矢が歩きかけて、ふいに振り向いていつのまにか脱げていた上着をかけ直してくれた。

とても温かくて気持ちいい。

「高橋！　初田！」

「先生っ！」

崖の上に人の姿が見えて、鏑矢が走って行った。気配がしたのは、あの人たちだ。眺めていると髪の長い方の女の子が、泣きそうな顔で何かを話している。

「こんな早くに…」

「だって、心配で…あ、研究室から接着液持ってきました。守野さんのお宅にも寄ったんですけど誰もいなくて、それで、黙って…あ…、あ？」

女の子の視線がこちらを向いて、ビックリしたまま固まっている。鏑矢はとても難しいため息をついて、驚いた顔のふたりに紹介してくれた。

「……神様なんだ」

「こんにちは…」

「………」

「…」

ちゃんと挨拶をしたつもりだったのに、ふたりはあんぐりと口を開けたまま、声を出してくれなかった。

「珀晶といいます」

どうしてもと言われて、珀晶はみんなより一段高い岩棚に座らされた。

ぺたりと座っても、大人の三人より高い場所で、なんだか落ち着かない。

「ごめんなさい、珀晶さま。私が岩を落としちゃったんです」

さま、って変だ。なんだか背中がそわそわする。くるみちゃんという女の子は、眉《まゆ》をハの字にして見上げてきた。

「これから祠を修繕しますから、許して頂けますか？」

「もう、祠のおうちは要らないとおもいます」

「でも、まだ神様は眠っていなきゃ」

「くるみちゃん、もう生まれちゃったってことなんじゃないかな」

「初田君！」

くるみちゃんがキッと初田君を睨《にら》んだ。色白で、おでこの広い初田君が、だって…という顔をする。

「…僕、みんなと一緒に居ちゃだめですか？」

「珀晶さま」

「〝さま〟は名前じゃないです」

「？」

「珀晶…っていうんです」

三人が顔を見合わせる。最初に笑ってくれたのはくるみちゃんだった。

「そうよね、こんなに小さいのに、いきなり神様扱いなんて、可哀相《かわいそう》だわ」

もう、この高いところから降りてもいいんだろうか。みんなと一緒にいてもいいということだろうか。降りたくて鏑矢に手を伸ばすと、すごく困った顔をして、くるみちゃんが笑って抱き上げて降ろしてくれた。

「おい高橋…」

「少なくとも先生の上着じゃまずいでしょ？　私、着替えのTシャツ持ってるから」

はい、両手を挙げてと言われ…その通りにすると、すぽんと黄色い服を頭から着せてくれた。

ひざぐらいまで長さがあって、腕は袖《そで》で半分くらいまで隠れる。

「ありがとう、くるみちゃん」

「名前を覚えてくれてうれしいわ。本当に珀晶って呼んでいい？」

「はい…」

頷いて他のふたりの方を見た。この人たちとも、お友達になれたらいい。くるみちゃんはそう思ったのを解ってくれたようで、ちゃんと紹介してくれた。

「この人は初田君っていうの、で、こっちが鏑矢先生」

「かぶらやせんせい…」

真似して呼ぶと、先生の顔が赤くなる。

「鏑矢でいいですよ」

「？」

でも、くるみちゃんも初田君も鏑矢のことは先生、と呼んでいる。

もう一度名前を呼びたい。先生の名前を呼ぶと、胸のどこかがほわんと温かく波打つ。でも、先生はなんだか違うところへ顔を背けてしまう。

先生には、声をかけてはいけないのだろうか…。

くるみちゃんに聞いたら、なんで先生がこんな風に困った顔をするのかも教えてくれるだろうか。

そよそよと吹く風がやわらかくて、山の下のほうで鳴く鳥の声がぼんやりと山間《やまあい》に響いている。

芽吹いていく黄緑色の葉っぱたちがきらきらと日差しを落として、珀晶はとてもいい季節に目を醒ました、と嬉しくなった。

◆　◆　◆

鏑矢は洞窟の奥にあった祠のかけらを集め、泉の淵の明るい場所で修繕を始めた。

別世界のように白くて美しい泉で、珀晶と高橋が弾んだ笑い声をあげてはしゃぐ音が響く。鏑矢はそれを眺めながら、初田と黙々と作業を続けた。

白木の箱は、上部がバラバラになってしまったが、下半分以上は原型を留めている。根気よく繋《つな》ぎ合わせていけば、割れた痕跡は見えてしまうが、形は元に戻せる。

「……ふぅ」

だが、こんなことで済むわけがない…重いため息をつくと、初田が言った。

「先生、修復してもしょうがないんじゃないですかね」

「壊したままってわけにはいかないだろう」

「でも、珀晶も出てきちゃったんだし…」

初田も高橋も、もうすっかり珀晶を子供扱いしている。柔軟性があるのか、あの無邪気な様子のせいなのか、神様を覚醒めさせてしまったのだという、事の重大さをあまり感じていないように見えた。

珀晶は神様なんだぞ。もう少しちゃんと敬え…そう言いかけたそばから、水浸しになった珀晶が駆けこんでくる。

「せんせい！　ごはんです」

「…え」

「はい…」

「駄目よ珀晶！　それ生魚でしょ！」

「わ…」

両手にぴちぴちと跳ねる魚を捧《ささ》げ持って、珀晶が頬を紅潮させて見せてくれる。高橋はせっかく珀晶が見せてくれた魚の尾を摘《つま》んで、ひょいと取りあげた。

「だーめ。この魚は、焼いてからじゃないと食べられないのよ」

「そうなの？」

「そうよ、料理するところ、見たい？」

「うん」

声もかけられないうちに、ふたりは岩棚の方に駆け戻ってしまった。炊事に興味があるのか、珀晶は高橋のやることを、目を輝かせて追っている。

「神様なんだぞ…」

ぶつくさ言うと、初田が笑った。

「でも、可愛いですよね。珀晶」

「……」

それはそうなんだが…、と心の中でもやもやと返答する。いわゆる文系で普段静かに人の話の聞き役に回る初田が、接着液を筆につけながらコメントした。

「とにかく、こうなった以上、守野さんや村の人には、ちゃんと本当のことを言うしかないと思うんですよね。どう見ても誤魔化せそうにないし…」

「……ああ」

自分たちの失敗を誤魔化したいわけではない。ただ、守野氏の信頼を、こんな形で台無しにしてしまったことへの申し訳なさと、珀晶への不安で、それを実行できないだけだ。

千年眠って神様に孵る…。ならばまだ珀晶は〝神様になる予定〟の、いわばプレ神様であって、神格化はしていない。

人間の子供がかつてそう言われていたように、子供の姿をしているということは、いまの珀晶は、人間の世界にも神様の世界にも行き来できる、どちらの世界にも属さない存在なのではないだろうか。

神様に〝成っていない〟珀晶を、このまま覚醒めさせておいたら、逆に珀晶が神様に成れなくなるのではないか…。そんな不安が過《よぎ》る。

眠って過ごすには、それなりの理由があるのだ。珀晶と名がつくくらいだから、ゆっくり固まって神様の形に成るまで、とても長い時間が必要なはずだ。

このままにしてはいけない。だが守野氏に話すにしても、とりあえず珀晶が戻る場所だけは直しておかなければ…。

ちらりと岩棚の方を見ると、魚を焼く様子を、珀晶が座り込んで眺めている。

細い木切れを集めて燃やした火だけでは、あっという間に燃え尽きてしまうだろうに、珀晶はその炎をどうやら調節できているらしい。枯れ枝本体はほとんど燃えず、燐光《りんこう》のように青い炎が岩の上でいつまでも揺らめいていた。

「この祠の修理が終わったら、すぐ下山して守野さんに話してみるよ」

「先生…」

岩棚のほうから、ごはんですよー、と揃《そろ》って呼ぶ声がした。すり鉢状のこの頂上では、こだまのように高橋と珀晶の澄んだ声が聞こえてくる。

魚の焼きあがる、美味《おい》しそうな匂いが流れた。

「はやくー」

腕ごと大きく振って呼ぶ珀晶を見ながら、今は悩んでも仕方がないとふっ切ってみる。とりあえず腹ごしらえだ、と初田を促し、鏑矢は岩棚へ向かった。


「熱いから気を付けてね」

串《くし》に刺して焼かれた魚をもらうと、珀晶は大人たちの真似をして、ふうふうと息を吹きかけた。

「おいしい？」

「うん…」

焼き魚に齧《かじ》りつきながら横を見ると、初田君も「せんせい」も、魚が好きなのか、うまいうまいと言いながら、瞬く間に食べてしまう。

先生が嬉しそうな顔を見ると、とても幸せな気持ちになった。

もっと見たい。先生が魚を好きなら、もっと獲《と》ってこようと思う。

「せんせい、もっと食べる？」

「珀晶が潜って獲ってくれるのよ」

「なんだお前、そんなことまでやらせたのか」

驚いた顔をする先生に、くるみちゃんはぺろりと舌を出した。

「私も手伝いましたよ。でも、珀晶は獲るの上手なんだもん」

「……まったく。この子は神様なんだぞ」

「？」

先生はことあるごとにそう言って苦い顔をする。そんなに神様って、色々なことをしてはいけないものなんだろうか？

くるみちゃんが笑って頭を撫《な》でてくれた。

「ちゃんと大事にしてるわよねえ。でも修復の間、珀晶はすることがないでしょう？　退屈だもの」

「うん…」

「あとで、木の実とか、イチゴとか、みんなのデザートを探しに行こうか」

「わーい」

まだ早いぐみの実がなっている場所も、ウグイスカズラの這う木も、クサイチゴが生えている岩場も、識《し》っている。早くその場所に行きたくてうずうずしていると、先生が近付いてきた。

そっと屈んで、座るように促され、岩に腰かけると、先生が手に持っていた分厚い靴下を履かせてくれる。

「？」

「素足では危ないから」

先生は不思議な人だと思う。くるみちゃんみたいににこにこしてくれないし、話もしてくれないけど、声を聞くだけで、心の中がぽかぽかに温かくなる。

黙って、目を逸《そ》らしながら、でもそっと大切そうに触れる手…。

両方の足首をそれぞれ輪ゴムで止めて、靴下はどうにかずり落ちないようになった。先生はくるみちゃんの方を見て指示する。

「登山用だから底はある程度厚いけど、靴じゃないから、高橋が先に歩いて大丈夫そうなところだけにしてあげてくれ」

先生が履かせてくれた〝靴下〟は足の裏がもこもこしている。不思議な感じがした。くるみちゃんと手をつないで崖の方に行くと、まだ先生は心配そうな顔でこっちを見ていた。

「行ってきまーす」

「すぐ戻って来いよ」

はーい、と返事をしながら、くるみちゃんはくすりと笑う。

「本当、先生は心配性ね」

「そうなの？」

「そうよ。珀晶が大事だから、怪我《けが》とかしないかとても心配しているの」

神様なんだもの、山の中で怪我なんてしないわよねえ、とくるみちゃんは笑う。

自分でもそう思う。裸足の足で痛い思いをすることはない。でも、もこの靴下は、先生みたいに優しくて気持ちいい。

それに、先生は自分を嫌いなわけではないのだ。くるみちゃんが言うのだから、きっとそうなのだろう。それはとても嬉しい。何故だか、それだけで心がうきうきする。

ぴょんぴょんととび跳ねるように木々の間を歩くと、くるみちゃんが待って、と追いかけてくる。

くるみちゃんが歩きやすいように、なるだけたいらなところを選んで、森のみんなにもお願いした。

くるみちゃんが手を伸ばす場所に枝がしなるように、藪《やぶ》がくるみちゃんの腕や足を傷つけないように。

森のみんなは頼みを聞いてくれて、山で一番早く熟れたぐみの実を、たくさん落としてくれた。

先生に借りた上着を袋代わりに、落ちた赤い実をいっぱい拾う。くるみちゃんが違う実を指した。

「ねえ珀晶、これって食べられるの？」

「うん、それ、イチゴです」

クサイチゴはまだ所々青いけれど、ぐみよりずっと甘いから、みんな好きかもしれない。

先生は、魚の時みたいに美味しいと言ってくれるだろうか。

「みんなは、いつもどんなものを食べているの？」

「うーん」

くるみちゃんはイチゴを摘みながらいろんな食べ物を教えてくれた。今朝はふもとのうどん屋さんで朝ごはんを食べたのだそうだ。

「『うどん』はおいしい?」

「うん、とっても。寒い時なんかにはぴったりよ。体も温まるし」

「それ食べたい！」

「…うーん。ここで手打ちは難しいわね…」

「??」

みんなの居る場所まで帰る道で、くるみちゃんはいろんなことを教えてくれた。

くるみちゃんたちは大きな街にある大学院の学生で、先生はそこの〝准教授〟なのだそうだ。

「せんせいで、かぶらやせんせいで、じゅんきょうじゅなの？」

名前がいっぱいあるんだなあ、と感心していると、くるみちゃんがウインクしながら笑った。

「先生の名前は敦《あつし》っていうのよ。本当は『鏑矢敦』」

「あつし」

ちょっと面白そうにくるみちゃんが提案する。

「あのね、珀晶は敦って呼んであげたらいいと思うわ」

「なんで？」

「きっと喜ぶわよ」

「???」

ひとりで納得しているくるみちゃんは、それ以上教えてくれなかった。

崖をよじ登って、泉が見えるとすぐに鏑矢が顔をあげる。珀晶はそれに笑顔で手を振った。

「ただいまー」

鏑矢と初田がだいぶ元の形になった祠を置いて、岩棚のほうに駆けあがってくる。

「いっぱい採ってきたよ」

「怪我は？　足は大丈夫か？」

「先生ったら、本当に過保護ね」

「馬鹿《ばか》、これ以上何かあったら…」

「僕、楽しかったです」

崖から抱っこされるように降ろしてもらって、先生の首に腕を回すと、先生がとても驚いた顔をした。

「…軽い」

「そりゃ、神様だもの」

初田君が当たり前のように言う。

「せんせい、ビックリした？」

「…その、先生っていうのはちょっと…」

「じゃあ敦？」

「え…っ……」

抱っこしてくれている先生の鼓動がバクバクと速くなった。誰が教えたんだ、と顔をしかめてくるみちゃんを睨んだけれど、くるみちゃんは笑って話を逸らしてしまう。

「せんせいは敦と先生と、どっちで呼ばれるのがいいですか？」

先生はしばらく黙ってから、とても赤い顔でこっちを向いて「先生でいいです」と言った。

目が合うと、何故だか自分もちょっとほっぺたが熱くなる。

「祠がもうすぐ直りますから、もうちょっと待っていてください」

「…はい」

直ったら、どうなるんだろう…。そう聞きたかったが、目を逸らされそっと地面に降ろされてしまった。


岩棚から時おり珀晶の澄んだ笑い声がして、鏑矢はそのたびにちらりと岩棚のほうに目をやった。珀晶と高橋は、まるでままごとのように楽しそうに、摘んできた果物を洗ったり、ヘタを取り除いているらしい。

たたた、と軽い足音がして、珀晶が嬉しそうに呼びに来た。

「先生、おやつですよ、って……」

「…はあ」

そう呼ぶように選んだのは自分なのに、返事をする声が上擦る。

早く、と小さな手が引っ張って、動悸を持て余した。

「いただきまーす！」

「いただきまーす」

なんでも高橋の真似をしたがる珀晶は、両手を合わせてからぐみの実を摘んだ。この時期にはまだ早いだろうに、食べきれないほどの量を採ってきたらしい。

「どう？　おいしい？」

「うん、野生の実って、意外と甘いんだね」

「やだ、初田君、口の回り汁だらけよ」

「え」

高橋が初田の口の端を指で拭《ぬぐ》うと、普段表情を変えない初田も、さすがに赤くなった。高橋が面白がって余計にかまう。

「はい、初田君、あーん」

「や、やめなよ、くるみちゃん」

「いいから」

「……」

じっと手を止めて見ている珀晶に、高橋が笑いかける。高橋の悪戯《いたずら》に気付いたときは、もう珀晶がすっかりその気になっていた。

「先生、あーん」

「え、いや…、俺は…」

「？」

手のひらいっぱいにイチゴを持って、口元に持ってくる。

「ちょ、ちょっと待て…それは違うんだよ」

「？？」

「先生、可哀相でしょ。ちゃんと口を開けてあげて」

真似をしたがる珀晶を煽《あお》るためにやったのだ。高橋は計画通りになってけらけらと笑っている。

「高橋～」

……なんてことするんだ。

「僕はやっちゃだめなこと？　間違えた？」

「いや、そんなことはなくて……」

珀晶がしゅんとした顔で手を止めるので、鏑矢は慌てて口を開けた。すると、珀晶がためらいながら食べさせてくれる。

「おいしいですか？」

「うん…ありがとう」

ぎこちない笑顔で返すと、珀晶が本当に嬉しそうな顔をするので、止めさせることができなかった。たかだか子供のすることなのに、何故か楽しそうに笑顔でイチゴを口もとに運ぶ珀晶の目を見られない。

珀晶は可愛い。高橋や初田が言うこともわかる。神様とはいえ、珀晶は本当に普通の子供と変わらないように見える。

小さくて、無邪気で、愛らしくて…それだけなら甥《おい》や姪《めい》たちとも違わない。ちょっと年が大きくたって、初田たちのような学生も可愛いと思っている。でも、珀晶は違うのだ。

なんと言えばいいのだろう。見つめられると、妙に心がふわふわと浮足立って向き合えない。

どうかしている…それとも、珀晶が神様だから緊張しているんだろうか？

「先生？」

「あ…」

何も意識していないのだろう、イチゴを運ぶ指と一緒に、珀晶の顔もだんだん近くなってくる。白い肌に、ぐみの色が付いた紅《あか》い唇。

微かにかかる吐息は、甘い実の香りがする。

いくら子供とはいえ、こんなことをずっとされたら、おかしな気分になりそうだ。どうにか止めさせないと、珀晶は面白がっていつまでも食べさせようとする。鏑矢は珀晶の手のひらに残っている実を取って、逆に珀晶の口元に近づけた。

「俺はもうおなかいっぱいだから」

「あーんてする?」

「あ、ああ…」

珀晶の行動を阻止しようとしたのに、食べさせてもらうのも食べさせるのも、大して変わらないほどドキドキするのだということに気付くまで、そう時間はかからなかった。

駄目だ、こっちのほうが心臓に来る…。

「補修、急がなきゃいけないから」

えー、とがっかりする高橋の声を置いて、鏑矢は早々に祠の修復に戻った。

「先生は遊ばないの?」

「珀晶…」

心配そうに寄ってくる珀晶に、鏑矢は修復用の筆を置いた。

「俺はいいんだ。やることがあるから」

「じゃあ、お手伝いします」

「本当にいいんだ」

「でも…」

「珀晶は高橋と遊んでいてくれればいいから」

珀晶は困ったような顔をして小首をかしげている。

「俺は、急いでこれを直さなきゃいけないんだ」

「どうして？」

不思議そうに珀晶の顔が覗き込む。

「これがないと、珀晶の眠る場所がないだろう？」

ふるふると髪が揺れた。

「僕、昨日みたいに、いっしょの寝袋に寝るほうがいいです……」

……あ……。

高橋と初田の視線が一斉にこちらに来る。

「寝袋が一個しかなかったんだ。仕方がないだろう」

「先生、僕ら何も言ってませんよ」

「……」

何もおかしなことではないのに慌てて弁解している自分に気付く。

動揺を悟られまいと、鏑矢はそそくさと話題を変えた。

「とにかく、急いで直して、夕方までには山を下りないと」

そう言うと、珀晶の虹色《にじいろ》の瞳にみるみる涙が盛り上がる。

「……帰っちゃうの？」

高橋が心配そうに近づいてくる。

「珀晶…、泣かないで、ね？」

「……」

小さな神様は、瞬きをするだけでも、もう涙がこぼれおちてしまいそうだ。

三人ともどう言っていいか分からなくなった。まるで珀晶をいじめているみたいな気持ちになってしまう。

初田が眼鏡を指でずり上げながら発言した。

「これ、今日中の修復は無理じゃないですかね。接着液が乾かないし」

「それはそうだが…」

それでも、やはり今日中には守野氏には知らせないといけないだろう。

「もし知らせても、夜中に山に登ってもらうわけにはいかないんだから、来るとしたら明日でしょう？　僕たちが下山しちゃうと、珀晶は今夜ここにひとりで留守番することになるんじゃないですかね」

「こんな小さい子をひとりで置いておくなんて、危ないわよね」

ここは神様の住むところで、珀晶は神様なんだぞ…と、反論は浮かんだが、鏑矢はそれを飲み込んだ。珀晶はまだ高橋たちと、楽しい時間を過ごしたがっている。

それに、何か名目をつけて引きのばしたい気持ちは、自分の中にもあった。

「そうだな…今日中は難しいよな」

まだべそかき顔の珀晶に、高橋が笑いかけた。

「ほら、先生がいいって。今日も一緒に寝袋で寝られるわよ」

「ほんとう?」

「うん、先生も嬉しいって」

「わーい」

「こら高橋! 嘘《うそ》を教えるな」

「あら、嘘って言っていいんですか?」

珀晶が泣いても知らないから…そう言われるとそれ以上言えなくて、鏑矢はあきらめて修復用の筆をしまった。


満天の星空の下で、三人は岩棚に寝袋を広げた。気温は肌寒いが、まあ寝袋があれば野宿は出来る。

珀晶は喜んで真っ先に寝袋に潜り込んだ。

「先生、はい」

「……」

狭い寝袋の中でコロンと寝転んだ珀晶が、潜り込み易いように入り口を開けて、無邪気な笑顔を向けてくる。困りながらごそごそと潜り込むと、珀晶が抱きつくように胸元に頬をつけた。

妙に胸の中がざわざわして落ち着かないが、なるだけ平静を保って目を瞑《つぶ》ってみる。少し離れた隣では、早々に寝入ったのか、初田も高橋も静かだ。

昼間の甘い野イチゴの香りが、鼻腔《びくう》をくすぐる。しばらくして小さな手が肩のあたりを掴んで、這い上がってきた。

「先生は、いっしょに寝るの、いや？」

「え？」

そんなことはない、と答えると、珀晶が少し不安そうに小首をかしげる。

「くるみちゃんのとこに行ったほうがいい？」

ドキッと心臓が苦しくなる。

「どうして…」

「だって……」

笑ってくれないんだもの…と珀晶がつぶやいた。

「くるみちゃんにも、初田君にも笑うのに…」

「俺が？」

こくりと珀晶が涙目で頷いた。自分はそんな風に態度を変えていただろうか。いやそれより、涙ぐむ珀晶の顔に、心臓が痛いほど鳴る。

変に意識してしまうからとか、どう接していいかわからない感情にかまけて、自分は、まだこんなに小さい子供を悩ませるようなことをしていたのだ。

「悪かった…そんなつもりじゃないんだ…。嫌とか、そういうことじゃない」

「ほんとう？」

「うん…」

教え子たちを起こしてしまわないように、なるだけそっと珀晶の耳元で囁《ささや》く。その声に呼応するように、珀晶も小さく耳元をくすぐるような息遣いで話しかけてくれる。

「先生がずっと難しい顔をしてるから、僕、いけないことをしたのかと思って」

「違うんだ…俺たちが珀晶の眠る場所を壊してしまったから、それで悪いことをしたと思って…」

それはもう要らないものだ、と珀晶は繰り返す。珀晶からすればそうなのだろう。

「でも、ここを守っている村の人は、とても怒ると思うんだ」

「じゃあ、いっしょに〝ごめんなさい〟って謝るから」

「いや…それは……」

「だって、先生は何も悪いことしてないのに…」

「……」

この見解は、珀晶の神様としての意見なのだろうか。それとも、まだ神様になっていない子供だから、この先のことが解らないで話しているのだろうか…。

珀晶は、自分のことをどこまで解っているのだろう。

「先生が村のひとに怒られるのはいやです…」

「え、や…大丈夫だ、と思う。きっと許してくれると思う」

シャツを握り締める手にそっと触れて、慌てて泣きそうな珀晶を止めた。

「じゃあ、もう先生は難しい顔しなくていい？」

「うん…」

　珀晶はずっと自分がしかめ面をしていることを気に病んでいたのだ。それが申し訳ない気がして、安心させようと珀晶に笑いかけると、珀晶の顔が、まるで陽の光を受けて咲く花のようにぱっと輝く。甘い、やわらかくて目眩《めまい》がしそうなほどの微笑み。

「珀晶……」

　思わずその頬に頬を擦り寄せた。心を鷲《わし》づかみにされるというのは、きっとこのことだ。子供だからとか、神様だからという理屈など、頭のどこにもなかった。ただ抱きしめたくて、その微笑みに胸が高鳴って、甘苦しい幸福感でいっぱいになる。

　この笑顔をずっと見ていたい。

　珀晶が笑ってくれるなら、自分はずっと笑顔を向けるように努力する。肌に触れる珀晶の頬は、柔らかくて温かくて、言葉にならない愛《いと》おしさだ。

「先生もすき？」

「え…」

「僕、先生のことすきです…先生は？」

「……」

　好きだなんて、きっと大した意味はない…高橋や初田を好きだというのと、同じ意味で言っているのだと解るのに、そのじんわりと甘い響きが脳の中でこだまする。珀晶の言う好きという言葉に、どうしてこんなに心を揺さぶられるんだろう。

「……？」

珀晶が答えを待って、大きな瞳でじっと見上げてくる。

「…俺も好きだよ」

「ほんとう？」

「うん、本当だ…」

「もう一回言って」

「…な、なんで」

無邪気な笑顔が唇に触れそうなほど近づく。

「先生に〝好き〟って言われると、なんだかからだがふわふわする」

気持ちいいの…もう一回言って、と澄んだ小さな声が繰り返す。

「好きだよ」

自分で言っていて、貧血かと思うほどくらくらした。声に出して言うだけで、自分の感情が形になって出てしまったようで、なんだか恥ずかしいのに幸福感で胸が苦しい。

何度も繰り返して珀晶がそれを望む。気持ちよさそうにうっとりと目を閉じて頬を寄せてくる。

知らなかった。好きという言葉は、こんなに幸せを感じるものなんだ。

珀晶も同じ気持ちなのかもしれない。まるで呪文《じゅもん》のように囁き合って、そのうち抱きしめ合って眠ってしまった。

その晩はとても幸福な夢を見続けた。何度も山が新緑と紅葉を繰り返し、祭事を祝うように鈴の音が響き渡る…そんな夢だった。

◆　◆　◆

翌朝――

空は澄んで、わずかに薄く白い雲をたなびかせている。

「おはようございます…」

「おはよう」

珀晶がまだ眠そうに小さな手で目をこする。鏑矢はそれを微笑んで見守った。

神様に恐れ多い…というのは未《いま》だに心の中に引っ掛かってはいるのだが、それ以上に、可愛いと思ってしまう自分の心の変化に驚いていた。

高橋たちのことを咎《とが》められない。まるで、突然小さな子供のお父《とう》さんにでもされたみたいに、懐いてくる珀晶をかまってやりたくなる。

「先生、ごはんのお魚いっしょにとって…」

「え？」

一緒に泳ごう、と珀晶がぐいぐい手を引っ張る。高橋がそれを煽るように応援しだした。

「珀晶、いっぱい獲ってきてね。先生も手伝ってあげて！　大事な朝ごはんよ」

「あ、ああ」

「先生、はやく」

　珀晶はぱしゃん、と躊躇《ためら》わず泉に入る。すい、と水の中に溶け込むようになめらかに泳ぎ出し、恐る恐るその後について淵からパンツ一枚で水に入ると、水温は冷たいものの、慣れれば泳げないほどではない。

　まるで魚のように珀晶が白銀の髪をなびかせて大岩のほうへ泳いでいく。水中で追いかけるが、さすがに追いつくこともできない。

　岩蔭《いわかげ》にするりと消えては違う大岩の後ろからまるで人魚のように現れて、こちらの息が続かなくなって水面に顔を上げると、珀晶が近づいてきて水面から顔を出した。

「ははは、全然追いつかなかったな」

「先生、苦しい？」

　人間は水中で呼吸できないからね、と説明すると、珀晶は感心したように頷く。

「じゃあ、お魚は僕がとるから、先生、待ってて」

　そこに居てね、と念を押されて岸に戻らずに待つ。

　水面を目で追うと、日差しを受けてきらきらと水底に光のカーテンを揺らめかせる中に、珀晶の姿が見える。

　自分が見ているのを水中から確認して、珀晶が微笑み返す。

　水神なんだから当たり前なのだが、魚のように水の中で自在に泳ぐ珀晶はとてもきれいだ。

　魚を追いかけながら時おり振り返って自分の姿を探す。ちゃんと見ているよ、と手を振って合図してやると、嬉しそうに大きく手を振り返してくる。

両手に掬《すく》いあげるようにして魚を獲り、手渡してくれた。

「珀晶、もういいんじゃないか。食べきれないだろう」

「そう?」

岸辺で待っている高橋のほうへ、魚を持って泳いで戻ると、珀晶は背中に乗るようにしてじゃれてくる。

「こら、魚を落とすだろうが」

「キャー!」

追いかけると、珀晶は大喜びで水中に潜った。振り返り振り返り、岩蔭のほうに進んでいく。からかっているのだ。

待て、と水中に追う。息が続く限り潜って追いかけると、追われるのが嬉しいのか、珀晶は捕まりそうで捕まらない速度で逃げ回る。

「先生、ちゃんと捕まえて。珀晶は、遊びだしたら戻ってこないわよ。ごはんが食べられないわ」

岸辺で叫ぶ高橋の声がする。声に励まされて泳ぐが、面白がる珀晶はまったく捕まらない。

「待て珀晶、本当に追いつかないんだ」

「ふふふ」

ギブアップして水面で息を荒げると、イルカのように珀晶が笑って顔を出した。

「先生、疲れた?」

「…降参だ。とても勝てないよ」

「やったー」

嬉しそうに胴体に抱きついてくる。珀晶の感情が形になって現れたかのように、水面から細かい霧のような水飛沫《みずしぶき》が弧を描いて空に上がり、陽を弾《はじ》いて七色にきらめいた。

「わあ、珀晶すごい、虹も出せるのね」

「くるみちゃん、これすき?」

「うん、すごいキレイだわ」

「えへへ…」

水はまるで喜んで踊り出すかのように、幾層も半円を描いてミストシャワーを噴き上げ、きらきらと光りながら水面に落ちてまた波紋を起こす。

水面は何百もの鏡を置いたようにさざめく光に包まれた。

珀晶は水神なのだ。何気なく無邪気に使うこの力を見てもそうわかるのに、昨日までとは気持ちが違っている自分に気付く。

この山の水神として、人ではないものとしての畏敬の念はある。それでも、目の前にいるのはひとりの可愛らしい〝珀晶〟だ。珀晶がこうやって喜んでくれるなら、望むままにしてやりたい。

でも神様であることを、忘れてはいけない…いつまでも水の中から出ようとしない珀晶を抱き上げて岸に戻りながら、鏑矢はひっそりそう自戒した。

魚を獲り、高橋と山の中を歩きまわり、昼間の時間はどんどん過ぎていく。

祠の修復が大義名分になりつつあって、初田も高橋もあえてそのことに触れなかった。だが、これをうやむやにはさすがにできない。

「俺、ちょっとふもとまで下りてくるから」

「明日にしよう……？」

「珀晶」

「あした…ね？」

珀晶は高橋の引きのばし方を覚えてしまったのだ。明日と言えば、まだ執行猶予がつくと思っている。

そうしたいのはやまやまだが、このままいつまでもというわけにはいかない。なにより、このままもう一日、もう一日と居続けるうちに、自分たちのほうが離れられなくなってしまいそうだった。

仙人の気持ちが解るような気がする。ほんの二日暮らしただけで、もう下界なんかどうでもよくなりそうな気分だ。

でもこれはお伽噺《ときばなし》ではない。いつまでもこんな暮らしができるわけではない。決行を告げられずにいると、初田が珀晶と視線の高さを合わせて屈みこんだ。

「……」

「珀晶、じゃあ明日にしようか。でも、明日は本当に先生が山を下りるからね。でも、僕もくるみちゃんも残るし、ひとりになるわけじゃないんだよ。いいかな」

「うん」

「初田…」

珀晶の前に屈みこんだまま初田が振り返って見上げる。

「珀晶にも心の準備が必要なんじゃないかと思って…」

「……」

「駄目ですか？」

「…いや」

心の準備…つまり、もう一度眠るための覚悟だ。

珀晶は知らないと言っていたが、きっと村には何か神を鎮める方法が残されているだろう。曖昧《あいまい》な期待をしながら鏑矢も頷いた。

珀晶はまだ子供の姿だ。尋常ではない力は持っているようだが、このままではもしかすると神様に成れないかもしれない。そう考えると、本人は戻らない気でいるが、それで済む問題ではない。

「そうしよう」

また眠りについてもらって、ちゃんと覚醒める時期が来るころには、自分たちはこの世にいないだろう。

これきり二度と珀晶には会えなくなる。別れの覚悟がいるのはこちらも同じだ。

最後の夜、とはあえて言葉にせず、三人とも同意しての三日目の野宿をした。

月がぽっかり真上に上った頃、三つある寝袋にそれぞれが入る。珀晶は初田の提案を深い意味では捉《とら》えていないようで、昨日と同じように、喜んで寝袋に潜り込んできた。

「あったかいね」

「……ああ」

　珀晶は寝袋の中でぴとっ、と抱きついてくる。寝付かせるように腕をまわして抱えると、珀晶が気持ちよさそうに抱きしめ返してきた。

　頭上には今夜も降ってきそうなほど星が瞬いていて、高橋が感嘆して声を上げた。

「きれいねえ…」

「ほんとだ…」

　一生忘れられないね、と初田がつぶやく。ふたりが感慨深げに話しているのをぼんやり耳の端で聞きながら、鏑矢も星空を眺め、物思いに耽《ふけ》った。

　胸もとでは昼間はしゃぎ過ぎて疲れたのか、珀晶はもう眠りに落ちていて、すやすやと柔らかい寝息が肌をくすぐっている。

　本当に、自分も一生忘れられないと思う。

　長年研究を続けてきて、その存在を否定したことはないが、それでも目の前に〝神様〟が現れるなんて、現実感がない。

　まだ信じられない。この温かくて小さな生き物が神様だなんて…。

　この二日間のほうが幻だったらどうしようと思うくらいだ。ただ確かなのは、珀晶の少し熱い寝息と握りしめた手の感触。それだけが本当に現実なのだと感じさせてくれる。

　その一方で、こんな夢のような状態がいつまでも続くわけがない、と心のどこかが囁く。明日には守野氏に自分たちの失態を報告し、詫びなければならない。

　守野氏は怒るだろう。村人にも、どう償えばよいかわからないほど申し訳ないことをしたと思っている。でも、今それ以上に心を悩ませるのは、珀晶のことだ。

この小さな神様は、本当に無事にもう一度眠りにつけるのだろうか。

今、少し離れるだけでこれだけ寂しがる珀晶を、引き離してひとりで眠らせる瞬間のことを考える。

涙をいっぱいに溜めた瞳が浮かんで、それだけで心臓が引き絞られそうだった。

嘘でも、騙《だま》してでも、睡眠薬のように何もわからないうちに眠らせる手段はないだろうか。

別離の辛《つら》さを想像するだけで、村人への謝罪より心が重くなった。

「……」

今、胸もとですやすやと眠る珀晶は、まるで微笑んでいるように見える。

もし、何も言わず、騙して祠に眠らせてしまえば、別れの寂しさは自分たちだけの問題で済むだろう。だが、珀晶がもう一度覚醒めたときどうだろうか。

神様が本当に孵るべき時、もう自分たちは生きていない。

誰も居ないこの山の頂上で、珀晶は自分たちを捜して泣きはしないか。

過ぎてしまった時間を嘆いたりしないか…。ひとり取り残されて覚醒める珀晶を思うと、祠に戻すことそのものを躊躇ってしまう。

できるものなら、この幸せそうな笑顔を護ってやりたい。

どうしたら、珀晶を悲しませずに済むだろう。

それとも、本当の神様として覚醒《かくせい》する時には、もうこんな昔のことは忘れてしまうだろうか。

どうせならそうであって欲しいと願いながら、鏑矢もいつの間にか眠りについていた。

翌朝――。鏑矢は覚醒めて胸元にいる珀晶を見て驚き、その声で珀晶が目を醒ました。

飛び起きた高橋と初田も驚いて近寄ってくる。

「…育ってる……!」

「?」

珀晶の髪は背中につくほどになり、Tシャツが歩いていたようにぶかぶかだった服も、伸びた手足のおかげで少し大き目に見える程度だ。明らかに昨晩より成長した。見た目で言えば、十二、三歳に見える。

たった一晩だ……。鏑矢は青くなった。自分たちが勝手に判断して時間を置いたばかりに、珀晶が神様に成れないまま変化し始めてしまったのではないか。

こんなに早く成長しているのでは、もう間に合わないかもしれない。

「僕、変?」

自分の姿を見られない珀晶は、周囲の驚きを飲み込んだ顔に、少し不安そうだ。鏑矢は珀晶の頭を撫でた。

「なんでもないんだ。少し大人になったから、驚いただけで…」

「…」

「とにかく、俺はこれから守野さんのお宅に行ってくるから、ふたりは珀晶とここに残っていてくれ」

「や…」

「…珀晶…」

泣きそうな声で珀晶が袖を摑んできた。

「…村の人を連れて、すぐここに戻ってくるから」

「いっしょに行きたい…」

「…そんなわけにはいかないんだ」

やだ…と珀晶が小さくつぶやいてうつむいた。昨日は頷いて納得したのに、今は頑なに首を横に振るだけだ。どう言い含めればよいのかわからず、気まずく沈黙すると、高橋が明るい声で言う。

「じゃあ、みんなで守野さんのお宅に行きましょうよ、ね？　珀晶、それならいいでしょう？」

「……守野さんのおうちは遠いの？」

「この山の真下よ」

「いっしょに行っても怒られない？」

「もちろんよ」

高橋がにっこり笑うと、珀晶もほっとしたように小さく微笑み返してきた。泣きだされるのではないかと構えていた鏑矢は安堵《あんど》して肩の力を抜いたが、高橋がそれにちらっと厳しい目を向ける。

「先生ったら、動揺しすぎ」

「…だが、あれは」

「確かに一日伸ばしにした私たちが悪いんですけど、今は珀晶のほうが大事でしょう？　珀晶は先生の顔色を一番見ちゃうんですから、もうちょっとしっかり構えててください」

「……」

高橋の指摘はもっともなので、鏑矢は黙った。高橋は珀晶の気を逸らせようと、泉のほうに手を引いて連れていってしまう。

今までずるずると引き延ばしていた自分を反省した。高橋が謝ることではない。指示と決断をしなければならなかったのは、自分だ。

珀晶はどうなってしまうんだろう、そればかりが気がかりで、沈黙したまま荷物を詰め、下山の用意をした。

◆　◆　◆

「おんぶ?」

「こんな急な崖、歩かせたら危ないだろう」

初田は一拍置いて黙り、高橋が目を丸くして黙っている。含みのある反応にムキになると、高橋が自分ではなく、背負われた珀晶に向かって笑いかけた。

「珀晶、よかったね」

「うん、先生、ありがとう」

首に回された細い腕がぎゅっと抱きしめてくる。背中に体温を感じて動悸がしたが、同時に珀晶の嬉しそうな気配を感じて、幸福感で思わず顔が緩んだ。

喜んでいる場合ではないと解っているのに、こうして触れあえる時間がわずかでもあるのが嬉しい。

神様を山から下ろすなんて、どう考えてもよいことではないのに、泣きそうにうつむく珀晶を見た後では、笑ってくれるだけで心が満たされる。

「しっかりつかまっていてくれな。両手を使ってしまう時もあるから」

「うん…」

登ってきた時、険しい傾斜で軽く二時間はかかったはずなのに、神様を連れているからだろうか、何故かとても軽く下りることができた。

足場を容易に確保できるのは、前日に高橋たちが再登山してきたせいだけではないのかもしれない。神様としての珀晶の力を感じながら、一行は昼前に守野宅の裏庭に着いた。


「……守野さん！」

竹林を下り切ると、野良仕事を終えた様子の守野氏が立っていた。鏑矢は珀晶を背負ったまま向き合うものの、何から説明をしてよいか分からず立ち尽くす。

守野氏も、さすがにこの姿には驚いたようで、とっさに言葉がない。

守野氏は神様の姿を見たことがあるだろうか…。長い沈黙の間、守野氏の視線は自分を通り越して、背中に負った珀晶を見ていた。

山から下りる風がざっと吹いて、竹林の葉がざわめいてたわむ。

意を決したように、守野氏が硬い表情で言った。

「……おあがりください。今、お茶を淹《い》れますから」

「あ…あの」

くるりと踵《きびす》を返し縁側へ向かう守野氏に、鏑矢たちも付いていくしかなかった。

鶏がコッコッと鳴きながら縁側の下を歩きまわっている。鏑矢は縁側にそっと珀晶を降ろして座らせた。自分もその縁に腰かけると、珀晶が肩に摑まるようにして寄り添う。

「守野さん、実は…」

「山がざわざわしとりましたから、何かあるとは思っとったですが……」

「……」

感慨深そうな表情にも見えたが、自分にはただ咎められているようにしか思えず、申し訳なさでがばっと頭を下げた。里人に異変を感じさせるほどの事態だったのだ。

「本当に、申し訳ございませんっ」

両手を突いて謝ると、珀晶が真似をして頭を下げてしまう。鏑矢が慌てた。

「珀晶はいいから…」

「なんで?」

「なんでも」

「…珀晶とおっしゃいますか」

神様を呼び捨てにしてしまった、と慌てたが、老人は珀晶のほうを向いていた。

「はい」

「……よう、お覚醒めになりました」

守野氏には、珀晶が神様だと解るのだろうか。両手を突いて、老人は丁寧に頭を下げた。

琥晶はきょとんと小首をかしげている。

「守野さん…」

「それにしてもずいぶん小さくお生まれだ」

生まれたことになっちゃうの？　と高橋が小さく呟いて、初田がそれをたしなめている。

「山も、神様がおわしますことで、歓《よろこ》びますでしょう」

守野氏は慈しむような目を向けて、琥晶はそれににこにこと微笑んで応《こた》えていた。

「おめでとうございます。心よりお慶《よろこ》び申し上げます」

守野氏の声が、託宣《たくせん》のように厳かに響き、皺《しわ》深い指を揃えて老人は深く額《ぬか》ずく。

まさか、誕生が確定されてしまったのだろうか。

「あ、あの守野さん。神様が覚醒めるのはまだ何百年も先だったはずでは…」

くるりと振り向いた守野氏は、以前見たような穏やかに笑みを刷《は》いた表情に戻っている。

「そのはずなんですがね…」

これで〝孵った〟ことになるのなら、琥晶はこのあとどうすればいいのだろう。

「守野さん、神様を祠に戻さなくていいんですか」

「？」

「……もしかして、このままなんですか？」

「ああ、神様のお姿ですか？」

それは、お育ちになるでしょうねえ。子供の神様とは聞いていませんし…と守野氏は考え考え、的外れな答えを返してきた。鏑矢は焦った。聞きたいのはそのことではない。

こんなに何もわからなそうな珀晶を、どうすればいいのだ。

「いや、そうじゃなくて。その…今生まれてしまったとしたら、この後どうするんです？」

老人は何故そんなことを聞くのだろう、というように不思議そうな顔をして答えた。

「どうもこうも、神様ですから、神様のお仕事をなさるのではないですかね」

「……はあ」

それは人間が関《かか》わることではないのだ、そう含められて、鏑矢はそれ以上何も聞けなかった。


「神様が孵ったら孵ったで、何か儀式でもあるのかと思ったんだが…」

「超シンプルですね…」

「放置っていうか……」

ちょっと待っていてください、と守野が座敷の奥に行ってしまい、四人は縁側で鶏に囲まれながら所在なく茶をすする。

こんなあっけない展開になるとは思わなかった。

激怒する守野氏とか、修復や、鎮魂の儀式や、諸々《もろもろ》の手続きを想像していた鏑矢は、気が抜けたのを通りこして、脱力したままだ。

この村は、そういう価値観でできていたのだ……。鏑矢は自分が学問的な判断でしか捉えていなかったことに気付いた。

文献でいくら調べても、人間の都合で理由を付けられた儀式は、実際の神様には通用しない。

全ては自然の成り行き…神様が眠っていても、予定よりずっと早く覚醒めても、それは神様の意志で、人間がどうこう作為するものではなかった。

何事もあるがままに受け入れてしまう。

そのことにどこかで感謝していた。珀晶を無理やり祠に戻さなくていいのだ。でも、一方でその先が不安だ。珀晶は山の神様として、もうあの頂上にひとりで居なければならないのだろうか…。

心がズシンと重くなった。内心で悩みながら待っていると、やがて守野が木綿の着物を携えて戻ってくる。

「神様も伸び盛りでしょうからな。洋服よりこっちのほうが都合がよかでしょう」

肩上げしてある着物は、この先、今朝のように珀晶が急に成長してしまっても、大人の大きさまで耐えられるようになっていた。

高橋が守野に教えてもらいながら、珀晶に着せる。珀晶は楽しそうに袖を通していた。

「では、神様はもう一度山頂までお連れしますから」

「はい、お願いしますよ」

生成《きな》りの着物と、子供用の、金魚の尾ひれのようにひらひらした紺の帯を締められて、珀晶は嬉しそうだ。ちょっと手を伸ばすと、自分から飛び込んでくる。

「あの…守野さん……」

このまま山頂まで戻って、珀晶を置いて帰れるだろうか。

ひとりで残ることを、珀晶が承知できるか……。

「祠をもとに戻して、神様がちゃんと住めるようにできるまで、しばらく補修に通わせていただくわけにはいかないでしょうか」

　このまま眠らないのなら、急にひとりぼっちにするのは無理だ。あの祠を洞窟に戻して、ちゃんと神様としてそこに住む事を教えて、それから下山しよう。

　…できる自信はないが。

　守野がにっこりと頷いた。

「こんなに早くお生まれになったのだから、ひとりでお山にいらっしゃるのは淋しいでしょう。いつまででも、鏑矢さんが居られる限り、おってください」

「…守野さん」

　居ていいのだろうか。本当にいつまでも居ていいのだろうか。

　その言葉にすがるように鏑矢は頭を下げた。

「どうぞ山でお過ごしください」

　老爺は珀晶に向かって深く腰を折り、竹林に入る鏑矢たちを見送ってくれる。

　珀晶だけが、いつまでもにこにこと手を振っていた。


「もう戻るの？」

　もと来た急斜面を前に珀晶がそう言うと、高橋がいいことを思いついた、と提案する。

「うどん屋さんに行こうか。珀晶、食べたいって言ってたもんね」

「珀晶を連れてか？」

この異相の神様を、どうやってふもとの店で見せるつもりだろう。だが珀晶は無邪気に喜ぶ。

「うん、おうどん食べたい」

「そうよ、神様なんて、そうそう山は下りられないんだから」

「……」

そうそう山は降りられない…高橋の一言がなんだか胸に刺さって、強くいさめることができなかった。本来神様は里人とは関わらないのだ。こんな風に人と触れ合ったり、人と一緒に食事をしたりはしない。

それがなんだか不憫《ふびん》な気がして、つい感傷的に思い出を作ってやりたくなる。結局、不安ではあるが、うどん屋までの散歩には賛成した。途中まででも、下界を歩かせてやりたい。

うねうねと山肌に沿って続く細い道を四人で歩きながら、珀晶はとても楽しそうだ。

道の途中で遭遇した農家で、農作業をしていた老女が、靴下を履いている珀晶に、孫の物だと言って下駄《げた》をくれた。からん、ころん、と音がする下駄を履いて、珀晶は喜んで駆けまわる。

「へえ、杵屋《きねや》さんへ行かれるんなら、まだたっぷり時間がかかるでしょう」

これ持ってお行きなさい、と老女が粗塩で握った素朴な握り飯を手に渡してくれる。

「道中ずっと歩くんやから、これっくらいすぐおなかから消えてしまいますわ」

「ありがとうございます」

「気い付けてなあ…」

ぺこりと珀晶が頭を下げると、老女は皺だらけの顔をくしゃくしゃにして笑う。

白銀の髪と、虹色に揺らめく瞳は、不思議に思わないのだろうか…。異相に寛容なのか、異分子を弾かないこの地域の特性なのか、たまにすれ違う老人たちも、特に驚いたような顔はしない。

この村なら、本当に河童《かっぱ》が歩いていてもスルーされそうだ…。

小川を見つけて寄り道し、川の水とおにぎりで腹を満たし、珀晶と教え子たちが川辺で遊ぶのを見守った。こうしていると、里の子供と何も変わりないように見える。

本当は、ずっとこうやって過ごさせてあげたいのに…そう思いながら、別離の段取りを頭の中でしなければならないのが、鏑矢には少し辛い。

初田にも高橋にも授業がある。いつまでもここに居させるわけにはいかなかった。彼らを学校へ帰すならタイミングは今だ。

けれどせめて、自分だけはそばに居てやりたい…。

居られる方法はないだろうか。穏やかに見守りながら、どこか思い詰めて、珀晶と一緒に居る方法を模索していた。


道草を食いながら集落のある場所まで辿り着いたのは、夕暮れ時だった。

人の少ないこの村では、うどん屋も日が暮れると同時に閉まる。四人は慌てて古い歪《ゆが》みガラスの扉を叩《たた》いた。

店を切り盛りするのもやはり老女で、閉店間際の客もにこにこと招き入れる。

「山菜うどんを四つ」

「はい、ちょっとお待ちくださいね」

襟元を汚さないように、高橋が紙ナプキンを珀晶の襟に押し込んでエプロンをつくってやる。

「熱いから気を付けて食べてね」

「うん」

箸《はし》の持ち方を教え、一味唐辛子を舐《な》めて顔をしかめている珀晶に大笑いする様子を見ながら、鏑矢は初田に低く言った。

「この後の六時の電車が最終だから、お前たちそれに乗って帰りなさい」

「…先生はどうするんですか」

「珀晶を送っていくよ」

「……」

初田はずっと黙って珀晶を見ていた。初田も解っているのだ。珀晶を置いていく作業は、とても辛いものになる。

「…僕、神様って、なんでも解っていると思ってたんです」

「……日本の神様は全知全能じゃないからな」

「そうなんですけど…でも、こんなに人間くさいと思わなくて」

なんだか可哀相で…と高橋たちに聞こえないように初田がつぶやいた。高橋もきっとちゃんと解っているのだ。それでも、無邪気に喜ぶ珀晶の笑顔を消してしまわないように、わざと道草をしたり、楽しい時間を引き延ばした。

でも、もう山のものは山に帰さなくてはいけない。

「おまちどうさま」

「わあ、おうどんだ」

「熱いから、ふーって冷まして食べてね」

「うん」

いただきます、と手を合わせて、珀晶はおいしそうにうどんを食べた。盆を手にした老女も、他の村人たちと同じように、明らかに毛色の違う珀晶を、普通に見守っている。

「人が少ない地域だと、お店をやるのも大変でしょう？」

世間話をふると、老女が笑った。

「ぼちぼちやっとりますよ。それに、山の神様もお覚醒めになりましたからね。これからは賑わうでしょうし」

「……解るんですか？」

「山が歓んでますから、ふもともお祭りみたいに賑わいますわ」

珀晶は、何を言われているか解っていないようで、無心にうどんをほおばっていた。

鏑矢の心がずしんと重くなる。守野氏だけではない、みんな水神が覚醒めたことを解っているのだ。もう後戻りできない…。こんなに小さいのに、珀晶はもう〝神様〟として鎮座せねばならないのだ。

神様は、何年ぐらい生きるのだろう。その間、ずっとひとりでいるのだろうか…。

はっとなって時計を見ると、もう五時四十五分だ。急がないとふたりが電車に乗れない。

「ごちそうさまでした」

はい、またどうぞ、と老女が愛想よく出口で見送ってくれて、鏑矢はそのまま教え子ふたりを追いたてた。

「急げ、駅まで走らないと間に合わなくなるぞ」

「え……でも」

「くるみちゃん、僕たちは急がなきゃ」

別れがたくて戸惑う高橋を、初田が促した。名残を惜しむ時間を与えると、珀晶も高橋も泣きだしかねない。

「初田、走っていけ、ほら！」

「じゃ、じゃあね。珀晶、またね」

「うん、くるみちゃん、またね」

初田に手を引かれて走りながら、高橋が何度も振り返った。珀晶は鏑矢の手を握りながら、手を振って見送っている。

またすぐ来てくれるものだと、信じて疑わない顔だ。

「さあ、山に戻ろうか」

「うん……」

握られた手からは、ただ信頼と愛情だけが無条件に伝わってくる。

山の空気は冷えて、濃紺の空に赤紫の綺麗《きれい》な帯のように、夕陽が沈んだ跡が見えた。もう反対端にはぽっかりと白い月が柔らかく浮かんでいる。

静かな道に、珀晶が履いた下駄のころん、からんという軽い音が響く。

「足は痛くない？」

「うん、痛くないです」

体重があまりないからだろうか、鼻緒が擦《こす》れた様子もない。ふたりとも、気まずいわけでもなく、ただ黙って夜道を歩いた。

人里が離れ、民家の明かりはなくなった。

満月は思いのほか明るくて、葉の影や石ころの影が、くっきりと地面に黒く浮かび上がる。ジ、ジと虫の音が地面から響いた。

ふいに珀晶が後ろを振り向く。

「……どうした？」

「……」

振り向くと自分たちの影が、まるで昼間のように黒く伸びている。そのまま歩き出そうとしたとき、珀晶の足が止まった。

少しだけ引っ張られた手が、離れる寸前まで距離を伸ばす。

「…珀晶？」

戻って近付くと、珀晶のこらえたようなつぶやきが聞こえた。

「先生も、帰っちゃう？」

鏑矢は屈みこみ、珀晶の絹のような髪を掻《か》き混ぜる。

「俺は帰らない…俺はしばらく居ていいって、お許しをもらったから」

「いつまで？」

「……」

答えてやれない。先延ばしにしていた下山と一緒だ。本当はどこかでリミットが来る。

「……ずっと、ずっといっしょに居たい」

ぐすん、と鼻をすする音がした。握りしめた拳《こぶし》にぽたぽたと涙が落ちて、立ち止まったままの珀晶の嗚咽《おえつ》がしんとした空気に響く。

「珀晶……」

屈みこんで抱きしめた。体はすらりとし始めたけれど、体温の高さは少しも変わらない。

こんな子供を、ひとりにして置いていくなんてできない……。神様だから、あの場所で生きていくことはできるだろう。だがたとえ万能の神様だったとしても、自分がいなければ珀晶はあの山頂でひとりぼっちだ。それを、自分が宣告することができない。

ぎゅっと背中に伸びた手がシャツを握る感触がする。

珀晶を悲しませたくない。今だけでも、珀晶に約束してやりたい。

「俺はずっと居るよ……」

珀晶はまだ子供だ。いつか一人前の神様として成長したら、こんな人間ごときの約束なんて忘れてしまうだろう。それでも、今はこの小さな神様の微笑みを守ってやりたい。

「ずっとそばに居る」

「せんせい…」

泣きながら見上げてきた珀晶に微笑みかけた。

珀晶と一緒に居る…。他人が聞いたら荒唐無稽《こうとうむけい》だと笑いそうなその計画を、鏑矢は本気で実現する気になった。

無茶は分かっている。

仕事も生活もある。それでも、自分のせいで覚醒めてしまった珀晶を、ひとりにさせられない。

「大学はあの山から通う。毎日あの山に戻ってくるよ」

「本当？」

「ああ、珀晶が居ちゃ駄目だっていうまであの山に居る」

昨日からの珀晶の成長ぶりから考えたら、そう遠くはない未来に、珀晶はもっと神様らしくなっていくだろう。でもその間は同じ時間を共有できるのだ。

あの降るような星の下で、もう一度一緒に過ごせる…山で暮らす大変さより、何故かそのことに胸が躍った。

珀晶と一緒に、またあの夜空を眺められる。珀晶のためと言いながら、心のどこかで自分自身がそのことを喜んでいた。

「くるみちゃんたちは？」

「俺だけだ…俺だけじゃ嫌か？」

珀晶が大きく首を横に振る。

「ううん。先生がいてくれたらいい」

珀晶の言葉に、肩を抱きしめたまま顔を近づけ、思わず唇に触れた。

柔らかな唇の感触に胸が震えて、はっとなって慌てて離れた。

……今、自分は何をした？

「…？」

キスって言うんだ。きょとんとしている珀晶に慌てて弁解する。

「好きな人にね、好きだよって伝えるときにするんだ。その…家族でも、他の人でも」

純日本的とは言えない説明に、珀晶が頬をばら色に染めて微笑んだ。

「僕も好き」

首に腕を回され、背伸びをするように唇を押しつけてこられる。

「わ……」

避けようがなかった。自分でしておいて珀晶の行動は止めさせられない。狼狽《ろうばい》しながら鏑矢は唐突に背を向けた。

「おぶって行くよ。遅くなると山道登れなくなるから」

顔なんか見られない…。

だが自分の動揺に気付かず、珀晶は喜んで背中におぶさった。

背中越しの体温が、泣きたくなるほど温かくて、甘く柔らかいキスが脳裏に蘇《よみがえ》る。

「先生？」

「…あの、な……やっぱり、名前にしようか」

「？」

「生徒じゃないのに先生って、ヘンかなって思って」

「うん」

珀晶の弾んだ声がして、背中を小さな指が摑む。

「敦…」

「ん？」

「名前を呼んでみたかったの」

本当に嫌じゃない？　と念を押す声さえ甘く聴こえて、胸の奥が甘苦しく疼《うず》く。

「嫌じゃない。うれしいよ」

「ほんとう？」

「ああ…」

背中に顔を埋めてくる感触に浸りながら、現実の困難さも、頭のどこかで考えてはいる。

あの山を上り下りしながら研究室に通うのは、いくら非常勤とはいえ、かなり大変だろう。村の人に寝泊まりしているのがばれたときのことも心配だ。

でも今、限りなく幸せな気持ちなのだ。他の何と引き換えにしても、この気持ちを大事にしたい。

夜の山道はとても大変なはずだったが、やはり珀晶がいるせいだろうか、難なく登ることができた。

◆　◆　◆

翌日から早速、鏑矢は何度かに分けてテントの建材を山頂に運び、岩棚の一角に住まわせてもらうことになった。

形だけふもとのどこかに部屋を借りるつもりだったのに、何故か守野氏が山頂に住むことを勧めてくれたのだ。その協力のおかげで寝袋での野宿生活にはならなくて済むことになった。

〈小さな神様ですから、おひとりでは寂しかろうし…〉

不思議な人たちだと、鏑矢は思う。

今までいろんな地方に調査に出かけたが、こんなにまれびとに寛容な地域も珍しい。

鏑矢はどうしても気になって、守野に尋ねた。

「守野さん、神様が覚醒めるの、本当は最初からご存じだったんですか？」

「まさか…」

それは神様にしかわからんことですけん、とやはり穏やかな笑みで答える。

確かに、当の神様だってわかっていないのだ、守野の言うことは本当なのだろう。

たまたま自分が訪ねてきたことがきっかけだったとしても、やっぱりたまたまこの時期に珀晶が孵ってしまっただけなのだ。

鍋《なべ》やら寝具やら、何度目かの大荷物を抱えて裏の竹林に向かう鏑矢に、守野が柔らかい声で言った。

「鏑矢さんは山の出入りは自由ですけん、いつでもうちの庭は素通りしてかまわんですから」

「はい。ありがとうございます」

頂上では珀晶が待っているだろう。汗ばむような陽気の中、鏑矢は空を見上げる。

周囲のどこよりも高い、白い岩肌の結靭山。緑鮮やかな季節に、この山はひときわ豊かに葉を茂らせ、ふもとでは、数百年ぶりに涸《か》れた山沿いの河川に水が戻ったとローカルニュースになった。

第二章

陵徳大学大学院――。

いくつもの学部棟が並び、比較的古い建物の二階が鏑矢のいる誉田《ほんだ》研究室だった。鏑矢は図書館から書籍を抱えて戻ってきて、高橋たちと鉢合わせた。

「おう、来てたのか。誉田先生も、いらっしゃるなんてお珍しいですね」

年中地方に飛び回っている誉田教授も部屋にいて、院生たちとコーヒーを飲んでいた。鏑矢はそれに構わず、鞄《かばん》に書籍の山を詰め込む。

「あれ？　先生もう帰り支度ですか？」

「ああ、授業終わったからね」

へえ、と初田が感心している。前は研究室に住んでるんじゃないかと言われるほどこもりっきりだったのに、この変わりようが気になるのだろう。だが、どう言われても構わない。

なにせ、これから帰る道のりが遠いのだ。

「先生、お引っ越し終わりました？」

「ああ、だいたいな」

珀晶のことを気にかけている高橋たちには村に住むことを伝えたが、山頂で暮らしていることは教えていない。曖昧に濁しながら答えると、誉田教授が突っ込んでくる。

「あの調査に行ったとこでしょ？　住みついちゃったって本当なんだ」

「ええ、まあ…」

学生たちから『仙人』というあだ名をもらっている誉田教授は、つぶらな黒目をきらきらさせた。真っ白な髪とこの顔立ちは本当に仙人みたいだが、あだ名の本質はそこではない。ちょっと浮世離れした性格と言動だ。

「面白そうだなあ。僕も行ってみようかな」

「…今度ご案内しますよ」

好奇心で輝く目に、鏑矢はしまった、と心の中で後悔する。

うっかりあの村に興味を持たせてしまった。

この先生に首を突っ込まれると色々厄介なのだ。高橋は珀晶のことを聞きたそうだったが、察してくれと目で伝えてみた。

研究一筋、変わり者揃いの教授の中でも、誉田教授は群を抜いているのだ。この先生に知られたら、すぐにでも山に駆け上って来かねない。さすがに高橋も初田も心得たようで、小さな神様については、何も話題に出なかった。

単線の、二両編成の小さなローカル線に乗って、村まで帰る。

民家が少しずつ減って、線路の両脇《りょうわき》が畑や田んぼになる。やがて、山肌が車両のすぐ近くまで迫るようになり、古びた小さなトンネルをいくつかくぐって山肌に張り付くように電車が進む。そこから先は、昔話に出てくるようなタイムスリップした景色だ。

少しだけいた学生や子供連れがぽつぽつと降りて、終点の駅につくと、降りるのはたいていい自分だけになる。本当は鉄道会社も、ふたつ手前の駅を最終にしたいのだろうが、ふもとにまだ村があるので、誰も降りない駅まで、一応走ってくれる。

ボタンを押して、取っ手を回さないと開かない扉を開けて車両を降りる。

地面より一五センチだけ高くなった、セメントでできた乗り場。未だに切符しか使えない無人駅は、鉄柵《てっさく》の扉がついていて、押すとギイ、と鈍く軋《きし》む。

土が盛られた線路の脇に、小さく駅名の立て札があるほかは、降りた場所も後ろが山で、駅らしい感じはしない。駅のすぐ前は、田んぼのあぜ道につながる一本の細い農道だ。

かろうじてある券売機の上だけに屋根がついていて、その横に置いてあるバイクに鍵を挿すと、畑帰りの老人が白いビニル袋を持って声をかけてくる。

夕陽が山に照り返って、あたりが全部オレンジ色に染まった。

「おう、先生。お帰り」

「ただいま、日が伸びましたね」

そうだなあ、とごま塩頭の老人が笑って、袋を差し出した。

「里芋が採れてよ、持ってかねえか」

「いいんですか？」

「なあに、余ってるけん。あと、ウドと味噌《みそ》も入れといたし、汁物にしてみ、美味いから」

「すみません、ごちそうさまです」

ふもとの人たちは珍しく電車を使う新入りを覚えてくれたようで、なんやかんやと差し入れをくれる。有り難くて頭を下げると、老人はうれしそうに笑った。

「先生が来てからなあ、神様はお生まれになるし、川には水が来るし、先生は福の神みたいじゃやて、みんな言うとるよ」

「ははは、うれしいなあ」

「わしは熊みたいじゃって、かみさんに言うてるんじゃが…」

どうしてこの村の人たちは、こんなに心が温かいのだろう。

本当は、自分が結靭山に登っていることも、もしかしたらそこに住みついていることも知っているかもしれないのに、彼らは余計なことは聞かない。

でも、差し入れてくれる野菜や果物が、ちゃんと必ず二人分なのが、彼らの心遣いなのだ。

黙って見守ってくれる。それがこの村の風土なのだろうか。

「本当にごちそうさまです。おやすみなさい」

「おやすみ、気を付けてなあ」

バイクのハンドルに袋をかけると、中からは味噌の他に、油揚《あぶらあ》げや豆腐まで覗いている。

「まいったなあ。けんちん汁セットになってるよ」

きっと珀晶が喜ぶ。

おいしい、おいしいと食べる珀晶の姿が目に浮かぶようで、鏑矢は走りながら少し笑った。

伸びた陽が夕焼けになる。頂上に着く頃には夜だが、最近は山登りもすっかり慣れて、苦にもならない。

鏑矢は湿度が増し始め、夏の匂いがする山道を走った。

「おかえりなさーい！」

「ただいま」

崖の上に着くなり、珀晶が駆け寄って飛びついてくる。

初めは抱きつかれてもせいぜい腹のあたりに腕がまわるくらいだったのが、今は並んでも肩のあたりに頭が来るくらいまで成長した。

いきなり一晩で背が伸びたこともあったから、初めはどんなスピードで変わっていくのだろうと構えていたが、その後の変化はとてもまばらだ。

泉に潜って魚を獲っていたものが、自在に手で触れずに獲れるようになり、いつの間にか岩棚の壁をえぐるほどの力を発揮できるようになっている。でも、そこからはあまり進歩がない。

珀晶の力のおかげで、持ち込んだテントはすっかり崖の壁に埋まっていた。珀晶の削ってくれた壁の穴は、安定性のないテントをぴったり嵌《は》めこめるほどの大きさになっていて、おかげで雨風がテントを叩かない。

他にも影響はあった。

ふもとに水脈が蘇っただけではない。今年の山はいつになく豊穣で、朝晩通る山道には、紫色の藤《ふじ》に似た胡桃《くるみ》の花が、枝いっぱいに房を垂らして咲き、ピンク色の小花が集まった下野《しもつけ》やら、山百合《やまゆり》、ホタルブクロ、紫陽花《あじさい》、白い小花を木いっぱいに咲かせるエゴノキまで、これでもかというくらい色とりどりの花が咲き溢《あふ》れている。

近隣の山全てに影響があるらしく、バイクで走りながら眺めていても、山が様々な色で華やかに様変わりしたのがわかる。

山が歓ぶ……村の人が評していたことが、現実になって見えてきた。

「これなに？」

「ん？　これは里の人がくれたんだ。今日は美味いけんちん汁が作れるぞ」

「わあ…」

当の本人は、様相の一変した周囲とは違って、至ってマイペースだ。力はちゃんと神様風だが、中身のほうはさほど変わっていないように見える。

一緒に里芋を洗いたがり、皮むきをやりたがり、味噌のいい匂いに鼻を鳴らす。

見た目が大人びてきただけで、中身は出会ったままの、小さな珀晶だ。

テントの中には発電機を入れてあるので、灯《あか》りが岩棚から泉まで届いて、まるでライトアップされたホテルのプールみたいに見える。

岩棚に座り込んで、遅い夕食を並べると、珀晶がはふはふと里芋を箸で転がす。

「おいしいね」

「舌を火傷《やけど》するなよ」

「うん……」

珀晶は相変わらず子供らしく、なんでも珍しがり、毎日の変化を楽しんでいる。

食事を終えてノート型のパソコンを開き、胡坐《あぐら》をかいた脚に載せた。すると匍匐《ほふく》前進しながら珀晶が肘《ひじ》と膝の間から潜り込んできて、興味深そうに画面を覗く。ここは山頂なせいか、奇蹟的《きせきてき》に電波が圏内なのだ。おかげで山にこもってもちゃんと仕事ができる。

「これはなに？」

「ん？　インターネットって言うんだ。そこらで発信している電波を拾ってる」

「？？？」

なんだかおかしくて噴き出しそうだ。神様とハイテクが同居しているなんて。

本当に不思議だ。科学と神話は、同時に成り立つものなんだろうか。

「きれいな絵……」

膝に頭を載せて、珀晶が映し出された映像を見つめた。

空気中を伝わる通信情報を画像に変換して、目に見える形に再現する。見たことのない者には説明しにくいことなのに、珀晶は別な方法で理解するらしい。モバイル通信機の部分を指差した。

「このへんが、ピリピリする」

「へえ」

「あの、向こうの山からも、ピリピリするのが来るんだよ」

寝転んだまま、珀晶は鉄塔のある山の方向を指す。

「あの〝ピリピリ〟も、これに入るとこんな風に変わるの？」

「うん、まあ、だいたい合ってる」

ふーん、と面白そうに動く画面を見る珀晶を見下ろした。上から見ると、真っ白な長い睫毛《まつげ》が、瞬きをするたびにばさばさと動く。

しなやかに流れ落ちるしっとりと細い髪、ちょっと前まで、胡坐の間に潜り込んでちょこんと前に座っていたのに、今は腕までしか潜り込めていない。

珀晶は日に日に美しく成長していく。

まるで少女のように華奢《きゃしゃ》な手足。薄い身体。虹色の、不思議な光を帯びた大きな瞳。澄んだ柔らかい声音。性別不明に変化していく珀晶は、もう見た目十七、八歳くらいだ。

「こら、ここで寝るなよ」

「…おきてるもん」

うつらうつらしながら珀晶は眠くないと言い張る。鏑矢は細い銀糸のような髪を掻き混ぜて笑った。

「強情っぱりが…、子供はもう寝る時間だぞ」

「やだ…敦が寝るまでおきてる」

見た目が先に成長しても、中身が全然追いついていなくて、珀晶の身体はまだ乳幼児並みに長い休息を必要としている。

「だーめ。俺はまだ書かなきゃいけないレポートがあるんだ」

むにゃむにゃと目をこすりながら、眠気に勝てなくなった珀晶がしぶしぶ膝から起き上がる。

「じゃあ、おやすみなさいのキス…」

「…」

あんなこと、教えなければよかった…と鏑矢は天を仰ぎながら自分の失言を悔いた。キスを好意の表明だと理解してしまった珀晶は、おはようだのおやすみだの、ことあるごとにキスをせがむ。

唇を重ねるだけのもどかしいキス。それでも珀晶の甘く掠れた吐息が耳をくすぐって、訳もなく心臓が跳ねあがる。

「…ん……」

官能的に閉じられた瞼《まぶた》、漏れる微かな声。中身はまだまだ子供なのに、その魅惑的な表情にドキリ

とする。妙な感覚をもってしまいそうで、鏑矢は慌てて珀晶の身体を離した。

「ほら、な。終わり。先に寝てなさい」

「うん…おやすみなさい」

少しふわふわした様子の珀晶が、うっとりした瞳で微笑む。胸の中で甘苦しい疼きを起こしながら、鏑矢は珀晶の手を引いてテントに戻った。

ベッド代わりのエアマットに寝かせて、幼児を寝かしつけるみたいに、とんとんと上掛けの上から背中を撫でる。寝付くまでそばにいてやると、うれしそうに見つめていた瞳はほどなく閉じられて、深い寝息を立て始めた。

「……」

山で珀晶と暮らす。難事業のように思われたこの計画は、実行してみると思ったほど大変ではなかった。やってみればなんとかなるものだ、と自分でも感心するほどだ。

小さな神様を放《ほう》っておけない…それが最初の動機だったはずなのに、いつの間にかふたりで暮らすこの生活が楽しくて、ずっと前からそうしていたようにしっくりと馴染《なじ》んでいる。

もともと山歩きやアウトドアが好きだったから、こうした暮らしが性に合っているのかもしれない。でもそれ以上に、珀晶とこうしていられる何気ない時間が好きだった。

毎日待っていてくれる誰かがいて、自分の作った料理を喜んで食べてくれる。

星空を眺めて星座の話に目を輝かせ、書物を覗き込んで訊《たず》ねてくる珀晶が愛おしい。ふたりで笑い合って暮らす生活は、楽しくて幸せだ。

ずっと、いつまでもこんな時間が続けばいいのに…。

琥晶の成長は思ったよりゆっくりだった。もしかしたら自分の望み通り、こうしていつまでもお伽噺のように幸せに暮らせるかもしれない。

それでも、自分の寿命の終わりを考えないわけにはいかないだろう。

いつまでもそばにいてやりたい。だが自分の寿命は、琥晶のそれよりずっと短い。いつか置いて行かなくてはいけない日が来る。

自分が死んだあと、ひとりぼっちで泣く琥晶を想像すると胸が痛む。だからいつまでも無邪気な姿で居て欲しいと願う一方で、早く神格化して、自分が居なくなってしまう前に、ひとりでも大丈夫な神様になって欲しいと思う。

でも、人と交わらない本当の〝神様〟になった琥晶に、自分は耐えられるだろうか。

「……難しいなあ」

都合のよい結末ばかりがあるわけではない。どちらを望んでも、痛みは伴う。

今が幸せであればあるほど、どこかで来るこの曲がり角のことが心に居座る。琥晶と暮らせる現状に感謝しながら、鏑矢は小さな棘《とげ》のようなこの問題にため息をついた。

◆　◆　◆

鏑矢は、いつものように大学から山に戻った。頂上の崖まで来ると、琥晶の半泣きの声が聞こえる。

「やだあー、あっち行って！」

「珀晶？」

「！　敦！」

うわーん、とべそをかきながら珀晶が走って逃げてくる。その後ろには珀晶より少し年下に見える、赤毛の少年がいた。少しつり目がちな少年は絣《かすり》の着物を着ている。

「助けて、敦！」

「たすけてなんかやらないぞうー」

「いやー、こっち来ないで！」

「そっちなんか、行かないぞう！」

小枝を持って追いかけてくる少年に、珀晶は本気で縮みあがっていた。鏑矢は駆け込んでくる珀晶を抱きとめて、思わず笑う。

こだまのような話し方と、真逆なもの言いから察するに、この少年はたぶん『天《あま》の邪鬼《じゃく》』だ。

「あつしーっ」

「ああ、よしよし。大変だったな」

涙でぐしゃぐしゃになった顔を拭ってやりながら、笑いが止まらない。珀晶は本当に怖かったのだろうが、どうみてもこれは懐かれているのだ。

「帰ってって言ったのに、帰ってくれないの」

「帰ってなんか、やらないぞうー」

「やーっ、あっち行って！」

天の邪鬼の性質に気付かない珀晶はパニック状態だ。鏑矢は笑いながら抱き寄せたまま落ち着かせた。

「大丈夫だ。こいつは悪さはしないんだ」

「だって…」

「〝天の邪鬼〟って言ってね。言ったことと逆のことばかりする奴《やつ》なんだよ」

天の邪鬼は楽しそうだ。もともと天の邪鬼も寂しがりの小鬼だから、珀晶と遊びたかったのだろう。肝心の珀晶を怖がらせていることも、きっとあまり解っていない。

「おい天の邪鬼、お前、ずっとここに居たいだろう」

「居たくなんかないさ」

逆のことを言えばいいんだ、と珀晶に小声で囁くと、涙を止めた珀晶がおっかなびっくり腕にしがみついて様子を見ている。

「お前、帰る場所がないな？」

「帰る場所なんて、あるさ」

「帰れないんだろう」

「帰れるさ」

「いつまでも帰らないでここに居ればいいさ」

「いつまでもここになんて、居ないぞう｜」

天の邪鬼は、口にした言葉に、帰るしかなくなったらしい。不満気に地団太を踏んでいるが、言ってしまった以上、ここに居られないのが天の邪鬼の縛りだ。

天の邪鬼はぴょん、と飛び上がると吸い込まれるように空高く浮かんで、やがて雲にぶら下がったように見えた。

「風神だ……」

「？」

珀晶が見上げた空に目をやると、天の邪鬼のいる辺りは薄く雲がたなびいているが、よく見るとそれは裳裾《もすそ》のようにも見えた。

珀晶と一緒にいるからだろうか、裾が翻って、雲より大きい足が空にあるのが見える。人間の目では見えないモノ。突風が通り過ぎるとき、その巨大な踵《かかと》がゆっくりと空を蹴っていくのがわかった。

山々に轟音《ごうおん》が駆け抜けていく。

「また来るぞー！」

「っ！」

珀晶が目を見開いて竦《すく》み上がる。鏑矢は微笑ってその背中を撫でた。

「もう来ないってさ。手を振ってあげたらいい」

「…でも」

珀晶はまだ怖がっている。

「奴はお前と仲良く遊びたかったんだよ」

珀晶は戸惑い気味だったが、なんとか小さく手を振った。赤毛の少年は、白い歯をくっきり見せて大きく笑う。

きっと本当に嬉しかったのだろう。風に乗りながら、姿が見えなくなるまでぴょんぴょんと飛び跳ねていた。

「……こわかった……」

へなへなと地面に座り込む。珀晶は大変だったのだから、笑ってはいけないのだが、やっぱりおかしい。

「敦はどうしてあの子のこと知ってたの？」

「本に書いてあるからさ」

実物を見たのは初めてだけどね、と笑うとまだ力が抜けている珀晶は頼りなさそうに見上げてきた。

「僕、あっちの山にいるのは知ってたけど……」

珀晶の知識の習得は、人間のそれとは違う。動物と同じで、基本情報はたいてい最初から持っている。行ったことのない山のことも、そこに住むモノも、自らの体の一部であるかのように、珀晶は〝識って〟いるのだ。

「なんで来たんだろうな」

「…ほんとは、この山には来られないんだけど」

「そうなのか？」

「うん。ここは、僕だけ…」

「……」

神様の居る所は、その神様だけの場所。たぶんそういうことなのだろうな、と鏑矢は推測をつけた。珀晶の治める山はここ一帯全てだ。水脈を通じている山々はみな珀晶と繋がっている。

その山のどこかに、天の邪鬼が棲《す》んでいるのだ。鏑矢は少し眉を顰《ひそ》めた。本来、神が住む山に小鬼ごときは来られない。たとえ悪ふざけだったとしても、天の邪鬼ひとり追い返せない神様で、山を治めることができるのだろうか。

自然は調和しているのではない。常にせめぎ合って力を拮抗させている。神が山を治めるのは、それが山の力より強いからだ。

山の血流ともいえる水脈をコントロールする水神として、珀晶はもうこの山の『主《あるじ》』となっている。だが、もしかしたら珀晶の力は、天の邪鬼の侵入すら許してしまうほど弱いものなのかもしれない。

大丈夫なのだろうか…珀晶はきちんと「神様」の役目を果たせているのだろうか。

「他の山に、神様っていないのか？」

「いる…」

珀晶が続く峰の向こうを指差し、鏑矢はそれに納得した。あちらは金剛石の採れる産地だ。

結靭山は別格として、村の端のほうにある山は水晶の産地として知られている。ダムを挟んだ向かいの山脈はそれとは別な石を産出するから類が違うのだろう。確か、黒龍《こくりゅう》が祀られている山があったはずだ。

水脈が違うのだろうか、珀晶にわかるように尋ねると、ほぼ予測通りの答えが返ってきた。

「あっちの神様と話したり、訪ねたりしないのか？」

先輩の神様に、色々教えてもらうわけにはいかないだろうか。だが、珀晶は首をふる。

「そんなことしたら、怒られるもの」

「怒る？」

「よその山に行ってはいけないの」

「……」

要領を得ない珀晶の説明をまとめると、どうやら神様同士は不可侵が掟《おきて》らしかった。つまり、動物で言えばテリトリーを守りあうようなもので、当然だが同意なしで近づけば、それは侵攻とみなされる。

「神様同士で仲良くするのは駄目なのか」

「……駄目だとおもう」

「さっきみたいに、また天の邪鬼とかいろんなものが勝手に入ってきたら、珀晶が困るだろう？　先輩の神様に秘策でも教えてもらえないかなと思ったんだが…」

珀晶が俯いて、そうじゃない、と首をふる。

「自分でできなきゃいけないの」

「？」

「弱い神様だから、みんな勝手に入って来ちゃうんだもん」

自分の力が足りないせいだと言う珀晶を、否定できなかった。

百獣の王と呼ばれる獣も、力が弱まればあっという間にその座を奪われ、どうかするとおこぼれを狙《ねら》うハイエナの餌食《えじき》になることもある。

山を治めるという立場上、力無い子供は、危険なのだ。

鏑矢は、いつまでも無邪気な子供のままで居て欲しいと願ってしまった自分の甘さを反省した。

珀晶の成長を、自分が手助けできるわけではないが、珀晶にとってもこの山にとっても、珀晶が神様として力をつけていくことは急務だ。

「お前のせいじゃないよ」

早く生まれてしまったのだから、他の神様のようにはいかないさ…そう言うと珀晶は少しだけ頷いた。

「…がんばるね」

ただ楽しそうに日々を過ごしているように見えて、珀晶にかかるプレッシャーは大きい。

里人の期待、力で治めなければならない山々。水神としての気脈。これらすべてが、珀晶の肩にかかっている。

なんの力にもなってやれないが、せめて珀晶の心だけでも支えてやりたい。

「よし、じゃあ天の邪鬼も居なくなったから、美味い夕食でも作るか」

「…うん」

気を取り直して力強く笑うと、珀晶もどうにか笑みを返してきた。

夕焼けが長く影を伸ばして、水面はオレンジ色に眩《まぶ》しく輝いている。

ふもとで手に入れた野菜や肉、こんにゃくを鍋に入れ料理をするうちに、いつの間にかいつもの、和やかな時間に戻ることができた。

ふたりはできあがりを待ちながら腹を鳴らした。

◆　◆　◆

六月になった。

珀晶は大学へ行く鏑矢を見送ってから、周囲の山々を見渡した。

天の邪鬼に追いかけまわされて泣きべそをかいた時からそんなに経《た》っていないのに、なんだか随分前のことのような気がする。

髪を翻して渡る風が乾いていて、珀晶は表情を曇らせた。

――雨が少ない……。

山が蓄えた水は、地中を通って所々浸み出し、流れを作って沢になる。流れる川の水量はまだ減っていないが、木々は水を欲しがってさらに深く根を伸ばす。

珀晶は目を閉じて水脈を意識した。

土に含む水を分け与え、浸み出す水をコントロールしていく。木々に水を吸わせると、里への水脈は細くなるが、人里はこの水に頼っていないから大丈夫だ。今この水が守らなくてはならないのは、動物や植物、山に棲むモノたちだけ…。

これらの作業は本来ほとんど意識することがない。肺や心臓が自律して動き続けるように、山の水脈と一体化している神は、常にこの作業を続けているのだろう。今、それを強く感じるのは、まだ自分が覚醒めて間もないからだ。

「ふー……」

ちょっと力を使うだけで、すごく眠くなる。どうかすると敦が出かけてから、帰ってくるまでのほとんどを眠って過ごすようになっていた。

まだまだ、色々なことが適合できていない。力を使うたびに、揺り返しのように身体が休息を要求する。敦は、それはおかしくないのだと言う。

赤ん坊なんか、ほとんど一日中寝ているさ…。

生まれたばかりの人間を見たことがないのだけれど、敦はそういうものなんだと教えてくれた。

休み休み大きくなるのだそうだ。

それでも、そうして眠ってしまうたびに、少しだけ不安になる。

長い眠りの後に、自分の身体が変化しているのを感じる……。

どこがどう変わったのか、上手く言えない。でも、少しずつ自分は違うものになっている。

水脈を整えて、余った力を手で払うと、周囲の木々に花が咲きこぼれた。

こんなことができるようになるたびに、自分の感覚が遠くなっていくのがわかる。

目を開けたとき、自分ではないものになってしまう不安。水神としての当たり前の変化が怖い。

変わりたくない、もう少しこのままでいたい……。

敦のそばにいて、頭を撫でてもらって、いつまでも笑い転げていたい。

「……」

泉の淵に腰かけて、足の指でぱしゃんと水を跳ねる。青く透き通った水は、白い水底に輪っかの影を揺らめかせた。変わるのが嫌で、眠りたくないのに、身体はもう崩れるように淵に丸まり始めている。

「……眠い」

日差しを遮るように岩の割れ目に生えていた草が背丈を伸ばして葉を広げた。

輪が広がるように泉を隠す崖に生えた低灌木が、滴るように枝を茂らせる。

珀晶はそれを見ないまま、深い眠りに落ちた。

◆　◆　◆

夕食後、背中におぶさるようにじゃれてくる珀晶を、鏑矢は赤面しながらたしなめた。

「やめろって、ひっつくな」

「やだもんー」

甘く叱《しか》ったぐらいではやめない。首に腕を回され、嫌でも白い肌が目の前に迫ってくる。

最近とみにこんな行動が増えた気がした。珀晶は始終自分のそばに居たがる。

何かが不安なのだろうか。そう思うのだが、なにせ見た目はもう華奢とはいえそれなりに一人前だ。

こんな姿で抱きついて来られると、こちらのほうがどぎまぎしてしまう。だが、珀晶にはまるで自覚がない。

「俺は仕事があるんだよ」

「じゃましないから、見てるだけ…ね？」

肩に寄りかかるようにしてパソコンの画面を覗きこまれる。ちょっと前みたいに肘の下から潜って来るような真似はさすがにしなくなったが、これは珀晶がわきまえたからではなく、物理的に潜れなくなったからで、相変わらず無邪気なスキンシップを求めてくる。

首筋に触れる白い指、寄りかかられる微かな重み、体温…美しく変貌《へんぼう》していくその姿に心が乱される。

珀晶はこちらの気持ちなどお構いなしで、いつの間にか頬をすり寄せてきた。

「こ…こら、珀晶」

目を閉じてすりすりと頬を寄せる珀晶に、動揺して声が詰まる。

珀晶の行動に深い意味はない。ただそうしたいと思うからするだけで、たぶん、気持ちいいからやるだけなのだ。でもされる側は戸惑う。

「珀晶～」

「…敦、怒った？」

「…いや、そうじゃないんだが」

珀晶が少し不安そうに見ている。ここで嫌だから止めろと言えば止めてくれるだろうが、それは言えない。

柔らかくすべる肌の感触、肩にかけられる手…溺《おぼ》れそうになるほど心地よい接触。珀晶は何かに怯えて接触してくるだけなのに、自分ときたらその悩ましい肢体に惑っている。

鏑矢は己の邪念を振り払った。今、自分の感情になどかまけている場合ではない。珀晶の不安を拭ってやるほうが先決だ。

「どうした？　なんでそうくっつきたがるんだ？」

「……」

わからない、と珀晶が小さく呟く。

抱えている不安を明確に言葉にできないらしかった。鏑矢は少し笑ってパソコンの電源を落とした。

少し俯き加減になった珀晶の頭を抱きしめる。

「もう寝ようか」

「お仕事のじゃまをしちゃった？」

「いや、明日やっても間に合うんだ」

どのみち、こんな状態の珀晶をひとりで寝かせても、様子が気になって仕事は手に着かない。

「ごめんね」

「珀晶のせいじゃないさ、俺ももう寝ようかなって気になったんだ」

テントに戻ると、かなり手狭になったベッドの横に置いていた寝袋を畳んだ。とたんに珀晶の顔が明るくなる。

「いっしょに寝てもいいの？」

「ああ、狭いけど大丈夫か？」

「うん！」

珀晶が成長してから、寝るところは分けていた。眠り続けることの多い珀晶の場所を確保するためでもあったが、実を言えば、自分がそうしたかったのだ。

自分でも困っているのだが、珀晶の変化を意識しすぎてしまって、隣にいられない。だからなんだかんだと理由をつけて寝床《ねどこ》を分けた。それを戻すのはちょっと覚悟がいる。

案の定、珀晶はぴとっと躊躇わずに身体を寄せてきた。胸もとで、布越しに珀晶の唇の感触がしてクラクラする。

珀晶は子供だ、しかも神様だ…何度も自分に言い聞かせるが、無防備に触れる感触に、どうかすると理性がなくなりそうで怖い。

「ふふ…やっぱり一緒のほうが気持ちいいね」

「珀晶……」

見上げてきた虹色の瞳には、嬉しそうな色が浮かんでいる。

「狭くてもこっちのほうがいい。ひとりはさみしいもの」

「……」

さっきまでの不安そうな気配が嘘のように消えている。鏑矢はそっと抱きしめて背中を撫でた。

「そうだな」

自分が耐えられないからといって、珀晶に我慢させるのは可哀相な気がした。こんなことぐらいで珀晶が幸せそうな顔をしてくれるのなら、やっぱり毎日一緒に眠ろう。少々忍耐を要求されるが、これは自分の問題だ。

珀晶は神様。絶対邪《よこし》まなことを考えないこと――心の中で誓いを立てて、鏑矢も笑みを返した。

「あ、おやすみなさいのキス忘れた！」

「わっ…！」

身体ごと上に乗られるように伸びあがって、珀晶が唇を重ねる。

……前言撤回したい。

一秒で後悔しながら、それでも甘い幸福感で、鏑矢も目を閉じた。

◆　◆　◆

空梅雨が終わりに向かう頃、鏑矢は大学から山頂に戻ってきて、泉の淵で丸くなって眠っている珀晶を見つけた。夜の闇《やみ》の中で珀晶の身体はうっすらと光り、まるでその眠りを護るようにあたりの植物が勢いをつけて伸びている。

「珀晶…」

触れても揺すっても覚醒める様子はない。鏑矢は抱き上げようと身体に触れたが、その時珀晶の瞳が開かれた。

曖昧で、どこか触れることを躊躇われるような、遠い瞳。

「…珀晶」

今までも、長い時間眠り続けることはあった。そのこと自体は不思議に思わない。早くに覚醒めたのだ、きっと身体と中身が同調できないのだろう。

でも、今まで眠りから醒めても、珀晶は普段と何も変わっていなかった。こんな風に、手の届かない遠い存在のように感じたことはない…。

なんだか心が痛い。珀晶が珀晶ではなくなっていくような気がしてしまう。

「珀晶…」

「……」

呼びかけても触れても、その瞳は何も映さなかった。まるで人間などそこに居ないかのように、珀晶は静寂で感情のない眼で木々や風を〝視《み》て〟いる。

「……」

鏑矢は触れた手をそっと離した。これが〝神様〟なのだ。珀晶は今、山の水脈を束ねるものとして、本来の姿を見せたに過ぎない。

離れてただ見守る。

本当は、これがあるべき姿なのだろう。小鬼すら従わせることのできなかった、今までのほうが仮の姿なのだ。

いつか、こうなっていくのだろうと予想はしていたが、実際に目の前でその姿をみると、かなりショックだ。今の珀晶には、自分など泳いでいる魚や岩と同じぐらいにしか見えないだろう。意識してもらえるかどうかもあやしいものだ…。そう思った矢先に、ふいに光が止む気配があって、珀晶が振り向いた。

「敦？　帰ってたの？」

「あ…ああ」

「おかえり！」

とん、と軽い身体が抱きついて来て、いつもの愛らしい笑顔が向けられる。

…もとの珀晶だ。

「…？　どうしたの？」

「ん？　いや、なんでもない」

鏑矢は取り繕って笑った。以前高橋に怒られたことがある。珀晶はこちらの様子を見て不安がるのだ。珀晶に動揺を見せてはいけない。珀晶は、さっきの状態を自覚していないのだ。

屈託なく笑う珀晶でいて欲しい、悲しませたくない。だから、さっきの姿は話さないでおこうと思う。

「僕、なんか変だった？」

「いや、眠っていたから起こそうと思ったんだ」

「そう…」

「飯にしようか。今日はナスとトマトをもらったんだ」

「野菜？」

「ああ、ドレッシングもあるから、ちょっと洋風にできるかな」

「わーい！」

腑《ふ》に落ちない様子の珀晶の気を逸らしながら、鏑矢は自問する。

自分は、どうしたいのだろう。

今はこうして子供の珀晶に戻るかもしれないが、この先こうしてどんどん神格化するのは避けられないだろう。そうしたら、約束が終わる。

ひとりでいることを寂しがらない本当の〝神様〟になったら、もう自分は必要ない。

その時、自分はどうするのだろう。

翌日——

大学の研究室で溜めていたデータをプリントアウトしながら、鏑矢はぼんやりと外を眺めた。

珀晶の姿は、もうここにいる学生たちとそう変わらない。

この変化の速さがどう続くか解らないが、年単位で結論が出てしまう気がする。つまり、珀晶が、本当の意味で神格化するのだ。

その時が下山時だろうか…。

この、胸にぽっかり穴が開いたような寂しさは、珀晶が神格化してしまうからだろうか。それとも、自分が必要とされなくなってしまうからだろうか。

「先生？　紙が無いみたいですよ…」

「え？　あ、ああ、すまん」

「どうしたんですか、ぼんやりして」

プリンターがピーピーと紙切れのアラーム音をさせているのに気付かず、隣の部屋から高橋が出てきた。

「先生、珀晶は元気ですか？」

「ああ。…ずいぶん大きくなったよ」

そうなんだ、と笑いながら高橋は急に小部屋に駆け戻り、紙袋を持って戻ってきた。

「私でちょうどだから、ちょっと大きいかなと思ったんだけど、これ…」

「…？」

手渡された手提げ袋からは、白い木綿のワンピースが出てきた。

すとんとしたデザインで、何の飾りもなく丈が長めで、珀晶でも着られそうだ。

「神様にお古をあげるなんて申し訳ないかなと思ったんですけど、着替えとか、必要でしょ？」

「ありがとう…きっと喜ぶと思う」

こういうことは、なかなか男だと思いつかない。高橋は周りに人がいないのを確認してから言う。

「私ももう一度珀晶に会いたいなあ。先生、私は行っちゃダメ？」

「……守野さんがなんて言うかな」

人のせいにしたが、本当は少し違う。

高橋はあの小さかった珀晶しか知らないのだ。今の、別人のように成長した珀晶を見たら、驚かないかと心配してしまう。

「可愛かったなあ…」

「……」

高橋の感慨深げな声に、己の感情を振り返った。自分も、高橋のように小さな珀晶だから可愛かったのだろうか…保護欲と愛情をはき違えたのだろうか。

「なあ高橋。もし…」

「はい？」

「もし、珀晶がもう立派な神様になっていても、やっぱり会いたいと思うか？」

高橋はうーん、と考えてから答えた。

「あんまり立派になっちゃうと、遠い存在みたいで悲しいけど…もしかして、もうそんなに変わっちゃったんですか？」

「いや…そういうわけじゃないけど、見た目がちょっと大人っぽくなったから」

変わっていく珀晶を見ているのが辛い。それでも、まだ子供の姿に戻る珀晶を前に、下山するとは言い出せない。少しずつ自分を忘れていく過程を見ながら、〝一緒に居る〟という約束を最後まで守れるだろうか……。

「そうかあ。いつまでもちびっ子ちゃんでいて欲しかったけどなあ」

「神様がいつまでも子供の姿じゃ、村の人だって困るだろうさ」

「……まあ、それはそうなんですけど」

あり得ない、と教え子に諭しながら、そう望んでいるのは自分だ。珀晶に、いつまでも自分を必要としてくれる、小さな子供で居て欲しいと願ってしまう。

あのまま神格化して、自分を見なくなった珀晶の許《もと》を去る日を思うと、胸が苦しい。

自分に言い聞かせるように鏑矢は続けた。

「神様なんだから、いつかそれらしく変わっていくさ」

「でも、私はいつまでも珀晶は珀晶らしくいて欲しいなあ」

高橋の言葉は、自分の本心だ。だが、それを留める術はない。

珀晶は神の世界の者で、神の理《ことわり》から外れることはできない。

「だって、先生も寂しいとか思いませんか？」

「……仕方ないさ」

「先生…？」

「……」

鏑矢は追いかける高橋の声に、聞こえなかったふりをして資料室へ逃げた。

こんなに理屈で解っているのに、理性で割り切れない。

珀晶のそばに居たい。でも今珀晶のところに戻りたくない……。最初に覚悟できていたのは、この現実を甘く見ていたからなのだろうか、それとも、自分の中で何かが変わってしまったのだろうか。

どうしてこんなに苦しいんだろう。

心が重く沈んで、早く帰り支度をしなければと思うのに、手が伸びない。鏑矢はなんだかんだと理由をつけて、その日最終電車が行ってしまうまで研究室に残った。

◆　◆　◆

夜もすっかり更けた頃、鏑矢はタクシーで村まで辿り着いた。所持金が底をついて、メーターの金額を見ながら止めてくれと頼んだが、人の良いドライバーはメーターを倒して駅まで送ってくれた。

「すみません」

「いいって、こんなとこでお客さん降ろしたって、帰り客なんてつかまらんし」

トラクターぐらいしか通らない農道を走ってもらい、恐縮しながら車を降りた。

バイクを走らせ、背中から月が追いかけてくる夜道を駆け抜ける。

自分の気持ちに迷い続けて、結局帰るのがこんな時間になってしまった。今朝は、珀晶には何も言ってきていない。

眠っていてくれないだろうか、そんな都合の良いことを願いながら、泣き顔ばかりが頭に浮かぶ。

夜の山道を登り、崖に着いて真っ先に泉の方を見た。珀晶がこちらを見ている。

胸の中に何かが迫《せ》り上がって、鏑矢は崖から夢中で走った。

何が心に重石《おもし》となっていたのか解らなかった。今まで焦がれるという感情を知らなかった。想っても返されないかもしれない感情に、一方通行になってしまう感情が辛かったのだ。

そんな感情に振りまわされて、置き去りにしてしまった珀晶を見ると、ズキンと心臓が痛む。

ぼんやりと輝く白銀の長い髪、滲んで光る瞳は、泣いているようにしか見えない。

「珀晶…」

「敦…」

小さな声が聞こえる前に抱きしめていた。駆け込んでくる自分に、珀晶が驚いている。

「……ごめんな」

「学校、大変だった?」

小さな声が問い返してきたが、答えられなかった。詫びたのはそのことではなかったし、珀晶の真意もそこではない。

研究室にいた時は、何時間考えても結論が出なかった。でも、珀晶の姿を見た時には、たった一つの答えしかなかった。

誰のためでもなく、自分が、珀晶のそばに居たいのだ。

その感情が何なのか解らなかった。でも、抱きしめているだけで実感してくる。

珀晶が好きだ。理由も理屈もなくて、ただ、好きなのだ。

「ごめんな。いっぱい待っただろう」

「ううん…」

いつからそんな感情に変わったんだろうと思う。

ずっと、珀晶と「好き」と言い合い続けた。ままごとみたいなキスも、抱きしめ合って眠るのも、もうずっと前からそうしているのに、今感じた「好き」は全く違うものだ。

今まで全部理屈で説明できたのに、今心を占めるこの感情は、どこから湧いてきたのか解らない。

好きだ。伝えずにはいられないほど感情が押し寄せてきて、珀晶が戸惑っているのに、抱きしめる腕を緩められない。

珀晶が自分を必要としてくれなくても、返されることのない想いになってしまっても、それでもそばに居たい。

自分は、どんな姿の珀晶でも愛している。

「敦？」

「夕食、作ってやれなかったな。お腹空《す》かなかったか？」

珀晶が笑う。

「だいじょうぶ」

珀晶は遅くなった理由を何も聞かなかった。風と葉擦れの音がする山頂で、ふたりで連れ立ってテントに戻る。

狭いベッドでくっ付きあうように詰めて、珀晶がようやく囁いた。

「本当はもう、戻ってこないんじゃないかって思った」

「珀晶…」

僕が、変わってしまうから……消えてしまいそうなほど小さな呟きに胸が痛んだ。珀晶も、自分の変化に苦しんでいたのだ。

「敦は、僕が変なふうに変わってしまうから、だからもう嫌いになったかと思って…」

「ずっと好きだよ」

「敦…」

「珀晶が、うんと偉い神様になっても、俺の事を覚えていないほどになっても、俺はずっとこの山にいるよ」

「……」

涙目になった珀晶を抱きしめ、額に接吻《くちづ》けた。珀晶の気持ちに気付いてやれなかったことに、改めて申し訳ないと思う。

「どんな姿になっても、俺は珀晶を愛している」

「……敦」

真っ暗なテントの中で、珀晶が泣いたのが分かった。胸もとにぽたぽたと涙が伝って染みわたる。

鏑矢は無言で珀晶を抱きしめていた。

きっと、もう自分は下山について迷うことは無いのだと思う。骸《むくろ》になって、この山の一部になるまで、ここに居て珀晶を見守り続ける。

珀晶はずっと言葉にできなかった不安を払拭《ふっしょく》できたのか、そのまま胸に顔を押し付けるようにして眠ってしまった。

子供の頃から変わらない、少し熱い寝息が肌をかすめていく。寝入った珀晶を抱きしめたまま、鏑矢は自問した。

「……」

いつから、愛し始めたのだろうか。

義務感や責任感でそばにいたわけではない。最初から可愛かった。それでも、今思う気持ちはまるで違う。返してもらう感情が無くても、珀晶が自分を認識しなくなる日が来ても、きっと愛し続ける。そう思うと、自分は随分幸せな出会いをさせてもらったのだと思う。

誰かを好きになったり、愛せる相手に巡り合うというのは、奇蹟のような出来事だ。

これだけ地球にたくさんの人がいて、毎日すれ違う人も大勢いるというのに、こんなに胸を熱くする相手は他にいない。自分の人生の中で、たくさんの人と出会ってきた。その誰とも恋に落ちる可能性はあるのに、誰にもこんな感情を持てなかった。

性別がどうとか、年齢がどうとかいう問題で恋に落ちなかったわけではない。実際、珀晶なんて性別とか年齢以前に、人間でさえない。それでも、愛している。

運命の赤い糸とか、女の子が好みそうな伝説も、きっと何かの形で有るんじゃないかと思う。

相手がどんな人であっても、どんな出会い方をしても、きっとその指にほどけない糸が結わえられていて、引き寄せられてしまうのではないだろうか。

神様と結ばれた赤い糸。自分には、なんだかぴったり過ぎて、おかしいくらいだ。どうりで縁がなかったはずだ。自分の赤い糸の相手は、神様だったのだ。

損得だけで考えたら、珀晶を選ぶことは、何もかもを擲《なげう》つことになる。学術的に珀晶のことを発表する気はないし、このままいけば、山から学校に通うために授業も兼務している仕事も、最小限にせざるを得ないだろう。それでもいい。

誰かを愛せる幸福感でいっぱいだ。他の何とも、引き換えにできない。

満ち足りた気持ちで、鏑矢も目を閉じた。

◆　◆　◆

翌日からまた、何も変わらない日常が戻ってきた。

愛していると告げても、無邪気な珀晶はそのままだったし、自分も、神様である珀晶にそれ以上どうこうするつもりはない。

しかし、少しずつふたりの関係を変える事態は起こりはじめていた。


「…珀晶。どこだ?」

山は初夏の匂いで、日差しが白い岩肌を照りつけ、鏑矢は眩しさに目を眇《すが》めて見渡した。

今朝からずっと珀晶の姿が見えない。資料を読み込むのに夢中になっていたが、この日差しだ、うっかりした場所で眠っていたら、暑くて大変だろう。

「……」

岩棚から見渡すと、洞窟の上のほう、低い木がかろうじて生えているあたりに、珀晶が丸まって眠っている。日差しは木々が枝を張って遮っているが、寝返りでも打ったら落ちてしまいそうだ。そろそろと崖の上から回り込み、腕を伸ばして眠ったままの珀晶を抱き上げる。

「ところ構わずなんだから……」

珀晶は眠ることが多くなった。初めの頃のように、力を使って水と戯れたり、無意味に花を咲かせて遊んだりはしない。水脈を整え、山の気を巡らせ、力でそれらをコントロールしている。

誰に教わるでもなく、彼は自分で水神として機能し始めているのだ。心配しなくても、きっとちゃんと山を治めていける。一人前の神様になるだろう。

抱き上げても重さは子供の頃とそう変わらない。ただ肘のあたりまで伸びた絹のような光沢の髪が、しっとりと腕を伝って流れ落ちて揺れる。

テントまで連れて帰り、ベッド代わりのエアマットに寝かせて、黙って寝顔を見ていた。

珀晶が目を開く。いつもの珀晶ではない〝神様〟のほうの珀晶だ。鏑矢はそのままそっとベッド縁から離れた。

彷徨《さまよ》うような瞳。半覚醒して、表情の定まらない珀晶を見ると、毎回これっきりもう人間くさい珀晶は戻ってこないのではないかという気になる。だがしばらく置いておけば、また何事もなかったかのようにいつもの珀晶になって、いつの間にかこの状態にも慣れた。

「……？」

いつもなら身動きさえほとんどしないのに、珀晶がふらりと歩き出した。好きに歩かせてやりたいが、開けっぱなしのパソコンを踏んでしまいそうで、思わず抱き上げて止める。

「珀晶…ぁ？　…お、おい……」

珀晶の手が、探し求めるように首に回される。何も映さない瞳はそのままなのに、仕草が妙になまめかしい。白い頬が近づいて来て、唇が重ねられる。

「おい……ちょ…ま、まて」

珀晶はまるで夢の中にいるように、うっすらと唇を開き、誘うように顔を傾ける。

「……っ！」

柔らかくて小さな唇が音を立てて吸い上げ、表情とは裏腹な希求に動揺した。

何かを探し求める舌…惑溺《わくでき》したように閉じられた瞳。これは珀晶の意志なんだろうか。

大人と変わらない身体が擦り寄せられ、鏑矢は血が沸騰しそうになる。

「珀晶…」

動揺したまま抱きしめた。だがその時、まるで夢遊病者が目を覚ましたかのように、珀晶がぱちりと瞬きする。

「あれ？　敦どうしたの？」

「……」

「？」

……どうしたの、じゃない。聞きたいのはこっちだ。珀晶はきょとんと首をかしげている。

「僕、またどこかで眠ってた？」

「…ああ、まあな」

それで、起きたと思ったら迫ってきたんだ…と言えなくて黙った。珀晶は柔らかい花のような笑顔をこぼす。

「ふふ…抱っこされるの、気持ちいい」

「……」

「敦は嫌？　重い？」

「いや、重くなんかないさ」

実をいうと、抱きしめる口実があるのは嬉しい。

珀晶を愛していると自覚してから、抑制するのにより忍耐を強いられるようになった。当たり前だが、愛情にはそういう衝動も含まれている。

それでも、珀晶にはその衝動を知らせたくなかった。だから意識して必要以上に触れないようにしている。

日本の神様は性愛におおらかだから、たぶん禁忌には当たらないだろうと思う。それでも、自分は踏み出したくなかった。

笑顔で身体を寄せてくる珀晶。きっと珀晶は何も知らない。なんだか自分のあさましい肉欲が珀晶を穢《けが》してしまいそうで、自分にブレーキをかけている。

だが、当の珀晶から迫られた場合はどうすればいいのだろう…。

数日後、鏑矢はベッドの中で理性を取るか、降参するかの瀬戸際まで来て苦悩に眉を顰《ひそ》めた。

「珀晶……おい…」

「…ん……」

半覚醒した珀晶が、悩ましく迫ってくることにはもう驚かなくなっていた。だが、だんだん白旗を揚げたくなるほどこの事態は辛抱を要求される。

唇を傾け、まさぐってくる舌。しなやかな肢体が絡みついて、悩殺されそうだ。無意識の珀晶はわき上がってくる衝動のままに求めてきた。

自分もとうに抵抗できなくて、熱い舌に翻弄《ほんろう》されている。

「……ん……」

甘い吐息。感じてたわむ背…目眩がしそうな肢体に、どれほどの理性をかき集めても崩れる寸前だ。

珀晶は無意識のうちに、自分を求めてくれているのだろうか、それなら、もういっそこのまま流されてしまおうか……。感情に逆えず手が伸びて、熱を持て余す場所に触れる。

……本当に、人間とまるで変わらない身体だ…。

「ん…ぁ……」

「珀晶…」

閉じた瞳からも、変わらない表情からも読み取れないが、薄く紅潮した頬や、熱を持て余してうねらせる身体は、昂《たかぶ》った熱を吐き出したくて仕方がなさそうだ。珀晶はどうしていいか分からないように、甘苦しい呼吸を上擦らせている。

「出したいか…?」

「ぁ…」

返事を期待しないまま、鏑矢は手を忍ばせた場所を撫で上げる。ちょっといけないことをしているような気もするが、疼いて苦しい気持ちもわかる。手助けぐらいはいいことにしよう。

「あ……ん……っ……」

くちゅ、と淫《みだ》らに濡《ぬ》れた音が響く。手で扱《しご》いてやると、珀晶の艶を帯びた声が、極まったように喉から漏れた。

「んぁ……ぁ…っ…!」

腰が震えて、全く人間と同じように昂《たかま》った欲求が吐き出され、まだ夢の中にいるように珀晶がぐったりと胸にもたれかかってくる。

「珀晶……」

熱で浮かされたような表情に、どくんと血が脈打つ。

駄目だ、もうこれ以上耐えられない……。ひらいた唇を貪《むさぼ》りかけたとき、ぱちりと珀晶が目を開けた。

「敦?」

「……」

……毎回、どうしてこのタイミングで目を醒ますんだろう。鏑矢は努めて平静な顔を作り、苦渋のため息をつく。

「起きたか」

「……なにかあった？」

「ない……」

これからあるところだったんだ。突っ込みたいのは山々だが、鏑矢は黙った。

これは天罰だろうか…それとも俺は、試されているんだろうか。

「……あつし」

頼りない声に目をやると、珀晶が見つめている。

「……」

黙ってみたものの、結局根負けしたのは自分のほうだった。惚《ほ》れた弱みだ。珀晶が泣きそうな顔をしていて、しらんぷりはできない。そもそも珀晶の行動には自覚がないのだから、珀晶を責めるのは間違っている。

あきらめてまた小さくため息をつき、手を伸ばした。

「おいで…」

「？」

「洗わないと、気持ち悪いだろう」

「？」

タオルを手に、テントを出て泉の淵に向かう。岩に座らせてタオルを濡らし、腹のあたりに飛び散ったものを拭ってやる。

「僕、何かしたんだね」

「別に、おかしなことじゃない」

「何をしたの？」

…説明するべきだろうか。

「…まあ、そのうちわかる」

口にしようとして、珀晶の身体の、生々しい感触を思い出して鏑矢は赤面した。

あと一歩で襲ってしまうところだった。今でも、思い出すだけで身体が熱を持ち始める。

抱きたい……。抑えようがなくなった感情に、必死で蓋《ふた》をする。

「ほら、終わり。ちゃんと帯を締め直せよ」

「……はい」

目を逸らしながら珀晶に言うと、珀晶はちょっと悲しそうな顔をする。

自分だって、記憶の無い自分の行動を隠されたら不安に思う。でも、だからといって逐一言える内容ではないのだ。可哀相だが、これは我慢してもらうしかない。

「戻るぞ」

「……どうして教えてくれないの？」

「珀晶…」

振り向くと珀晶が見あげていた。

「…僕……」

珀晶は、いつの間にか見たこともないような苦悩を帯びた表情をしている。

「僕がヘンなことをして、それで、敦は怒ってるの？」

「そうじゃない…」

琥珀の必死そうな様子に、鏑矢は戻ってその肩に手をやった。

「そうじゃないんだ。でもこれはまだ琥珀には早い話で、もっと大人になってから話してやるから」

「今じゃ駄目なの？　何で」

誤魔化すには少し難しすぎた。自分でも違和感は感じていたのだろう、今回の琥珀は引きさがりそうにない。

どうしよう。言ってしまおうか…。

「……あのな……人に『好きだよ』って伝えるときに、キスするって教えただろう？」

「うん…」

涙を溜めた目が頷く。

「本当はもうちょっと先があるんだ。好きよりもっと先に、いろんなことがあって」

「僕も、好きよりも、もっと好きだよ……」

だから、ちゃんとその先も教えてくれと、大きな瞳が懇願する。

どうしたらいいんだろう。琥珀の気持ちが、まだ子供の思慕の域を出ていないかどうかが解らない。

「琥珀…っ！」

伸びあがるように腕が回され、唇が押し付けられた。

「琥珀…」

「もっと、キスしたいって思ったりするの。これは変？」

あの、熱を持て余す姿は、ちゃんと琥珀の感情の一部なんだろうか。

「…人間は、愛し合ったりするんだ。その……身体ごと」

「うん…」

これ以上言葉で説明できなかった。

……覚悟した方がいいかもしれない。何故か瀬戸際に追い詰められたような気持ちになった。

まっすぐ見上げてくる珀晶を抱き寄せて、確かめるように囁く。

「本当に、どうしても知りたいのか？」

「うん」

「びっくりしないでくれよ？」

「うん、だいじょうぶ」

思い詰めたような、緊張したような表情を気遣わしく見ながら、鏑矢は珀晶の背中を抱えてテントに戻った。

◆

◆

◆

敦と一緒に、狭いベッドに並んで座った。

〝愛し合う〟がどんなことか、敦がちゃんと教えてくれるらしい。

敦がとても難しい顔をしているのが緊張する。敦がこんな顔をする時は、とても大変な問題を含んでいる時なのだ。

きっと、愛し合うって、すごく難しい事なんだろうと思う。

「嫌だなと思ったら、途中でもちゃんと言ってくれよ？　そこで止めるから」

「うん……」

嫌なこともあるらしい、でもがんばろう。そう決心したとき、敦の手が思ってもみなかった方向に動いた。

着物の襟に手を入れて、何故か服を脱がそうとする。

「…服を脱ぐの？」

「うん」

「じゃあ、脱ぐ」

何か、特別な服にでも着替えるのかな、と思って帯を解いて着物をはだけると、敦も一緒に服を脱ぎ始めた。思わずその姿を見つめてしまう。

「……」

敦がシャツを脱ぐ。よく考えたら、敦が着替えているところをちゃんと見たのは初めてだ。すごく心臓がバクバク言う。頬が熱くなって、見ているのが恥ずかしくなった。目を逸らそうとしたのに、全部脱いだところを見てしまって、カーッと頭に血が昇る。

敦のはだかを、初めて見た……。

ドキンドキンと心臓がすごい音を立て始めた。どうしていいかわからない。

ギュっとマットが鳴る。そばに近づかれてびくりと肩が竦んだ。

「……珀晶？」

「……」

どうしてこんなにドキドキするんだろう。一度意識しだすと止まらなくて、敦の顔が見れない。固まったまま目を逸らしていると、敦の手が触れた。

「やっぱり止めるか？」

「敦……」

じかに肌に触れる手が熱い。胸が苦しいのに、もっと触れていて欲しくて仕方がない。

「……やめない」

ちらりと盗み見すると、敦が大丈夫かな、という顔をしている。

もうわかる。愛し合うって、こうやって触れることを言うんだ。もっと、唇とか、いろんなところが触れるかもしれないけれど、肌に触れられるだけで、どこかがその感触を覚えている。

初めてなのに、初めてじゃないみたいだ。どこかで、ずっとこうして欲しいと望んでいた気がする。

「愛し合うって、はだかでなんかすること？」

「うん…まあ、そんな感じだ」

「じゃあそうしたい……人間みたいに愛し合いたい」

敦が何か決心したみたいに抱き寄せてくれた。

「……っ！」

身体ごと抱きしめられて、思わず目を瞑ってしまう。どうしてか、目を開けていられない。

「珀晶……」

耳元に敦の熱い息がかかって、ビクッと背筋がたわんだ。

撫でられていく背中や腰がぞわぞわとする。顎《あご》を持たれて、唇が被《かぶ》さってくる。

今までしていたキスではなかった。顔を傾けるようにされて、唇をめくり上げた舌が口腔《こうくう》に這入《はい》り込み、舌を合わせて舐めあげ、ぞわぞわした感覚が迫り上がる。

「……ぁ……っ……」

唇が離れていく。

「嫌か?」

ううん、と首を横にふる。もっと敦の熱を感じていたい。

言葉よりもっと深い場所、嘘のつけない身体の部分が敦を求めている。

「もっとして……」

「っ……」

腕を回すと、抱きしめられたままベッドに倒れ込んだ。

「ん……ぁ…」

もうずっと、自分の知らない心のどこかで、こんな風に熱く触れ合うことを求めていたような気がした。

抱きしめ合うだけで何も考えられなくなる。重なった身体の重みを感じて、脚を擦り寄せ、身体という身体を絡ませ合い、密着して相手を感じ続けたい。

「敦……ぁ……」

気持ちいい。キスだけよりも、何倍も気持ち良くて、身体が溶けていきそうだ。

敦の掌《てのひら》が太股《ふともも》の後ろ側を撫で上げて、まだ脱ぎきれていない服の裾をずり上げる。ぴくんと反応すると、脚の間に敦の脚が割り込んできた。

「…あ…っ」

敦の手が腰から脇腹をなぞっていって、ゾクゾクする快感に抑えようもない吐息が漏れた。

「ン……んっ」

キスしながらあちこちを舐めていく舌に、身体が仰《の》け反《ぞ》る。

服が脱がされて、敦の肌の熱を直接感じ、呼吸が上擦って甘くかすれた。

腰のあたりがずくずくと熱を持って渦巻く。昂ってくる衝動に脚を閉じようとすると、敦の脚がそれを阻む。

密着した腰が上下に動いて、挟まれた下腹部が擦れると、痺《しび》れるような快感が突き上げて来て、珀晶は甘く喘《あえ》いだ。

「は……ぁ…っ…ぁあ、あつし、な……」

ゾクゾクと腰が震える。感じた身体は唾液《だえき》をあふれさせ、昂った場所も滴に濡れて、刺激にビクンとたわむ。

「あ…ん…っ…」

翻弄される快感を追い上げるように、胸もとに下りた舌が、音を立てて淫猥《いんわい》に粒を嬲《なぶ》る。舌先で突くように刺激されると、ビクンビクンと淫らに腰が跳ねた。快感が身体の中を突き抜けていく。

気持ちよくて、瞳が潤んだ。切なさに声をあげると、敦の目が眇められた。

押し付けた腰が、互いにもどかしいほど昂る場所に当たる。昇りつめてくる絶頂感を、敦に必死で訴えた。

苦しい、この衝動をどうにかしたい。

「達《い》きたい？」

「ん…」

わけがわからないまま頷くと、敦の気配が一瞬離れた。

「ぁあっ！」

疼く場所が熱い口腔に包まれて、脳天を突くような快感に鋭く叫ぶ。

粘膜が絡みつく。蠢《うごめ》く舌が絶頂する場所を蹂躙《じゅうりん》し、珀晶はあっという間に吐精する。

「は……、あ……あ……」

「大丈夫か？」

息が止まりそうなほど追い詰められて、吐精した身体はぐったりと力が抜けた。敦は起き上がって額にかかる髪を梳《す》いてくれながら、じっと瞳を覗きこんでくる。

少し不安だ。こんな自分の様子は、おかしくないのだろうか？

「……ヘンじゃない？」

なにを、と敦が苦笑した。

「本当に、ヘンじゃない？」

敦は、嫌いにならない？　そう聞くと敦が低い声で囁く。

「おかしくない、そそられすぎて、俺が耐えられないくらいだ」

「……？」

浅く呼吸したまま見つめると、敦が切羽詰まった顔でキスをしてくる。

「十分慣らせるかどうかわからないんだ。このまま力を入れないでいてくれ、な？」

「？　…うん」

甘いキスをされながら、敦の手が割り込んだ脚の奥のほうに行くのを感じる。

「ぁ…」

「痛い？」

首を横に振る。つぷ、と指が挿し入れられる感覚があるだけで、痛くはない。

違和感はあったけれど、そのまま従っていたら、お腹の奥のほうが蠢き始めた。

舌先で濡らされ、何度も指が襞を押し広げて出入りする。言いようのない感覚がじわりと広がって、吐精したばかりなのに、身体が疼く。

「ん…んぁ…ぁ…」

くちゅ、と引きぬかれる指が耳朶《じだ》にゾクゾクとくる音を立てる。しだいに何も考えられなくなった。

「敦…あつし……っ」

「珀晶……」

掠れた声が名前を呼ぶ。指で蕩《とろ》かされた場所に熱い塊を押しあてられたときには、全身を抱きこまれていた。切なそうに名前を呼ぶ敦の声が、脳髄を痺れさせる。

「は…んっ、あ、…あ、あ、んっ…っ」

ズッと襞《ひだ》を抉《えぐ》るように肉塊が体内を穿《うが》っていく。刺すような快感と、腰に広がる甘い痺れに翻弄されて、珀晶は耐えられずに嬌声《きょうせい》をあげた。

「ぁ…あッ…あ…、敦…っ…」

揺さぶられる身体の中を、熱い塊が出入りする。敦も、何度も低い快楽の声を漏らした。

快感だけではない、最も熱くて強い欲求が満たされて、叫び出しそうだ。

愛し合うという意味が、分かった気がした。身も心も全て欲しがる敦の欲求を身体で感じて、初めて全てが満ち足りた気がする。

ふたりとも果てても、身体は離れないまま深く落ちるように眠り込み、日が高くなるまでそうしていた。

◆　◆　◆

翌朝。

目が覚めた時は既に、珀晶のほうは目を醒ましていた。

「おう…起きたか」

「う……ん」

ふたりとも妙に気恥ずかしくて、間の抜けた声しか出ない。珀晶は顔を真っ赤にしたまま、上掛けをかぶって目だけ出している。

「なんだよ…」

「早く服着て」

昨日ずっと裸だったのに、と呟くと、目を逸らしながら珀晶が返す。

「……」

「明るいところで見るのは、全然違うもの…」

「…はいはい」

恥ずかしがりながら文句を言う珀晶に、思わず笑ってしまう。

いままで散々キスだのハグだのをせがんでいたくせに、この照れようはどうだろう。

肌を重ねるという行為の意味を知って、珀晶は羞恥《しゅうち》するという感情を学んだらしい。もう以前のように無邪気に擦り寄って来てくれないかもしれないと思うと少しがっかりもするが、それ以上にちらちらと顔を赤らめながら視線を寄越《よこ》してくるのは、ちゃんと自分を意識してくれている証拠のようで、ちょっと嬉しい。

昨日より少し大人びた顔をする珀晶…変わっていくことはもう止められないし、今はそれを一緒に経験していけることに、むしろ感謝している。

どんな姿に変わっても、愛していると、そう言った言葉に偽りはない。

わざとゆっくり着替えていると、ついにテントの蒸し暑さに耐えられなくなったらしく、珀晶もベッドからもそもそと這い出てきた。

岩棚は真っ白いビーチのように日差しが照りつけていて、どこか異国のようだ。

「暑いー」

バテた声をあげて、珀晶がばしゃんと泉に飛び込む。

水面が波打ってきらきらと鏡のように日差しを反射し、水底に泳ぐ珀晶を追いかけて影ができる。

鏑矢はそれを岩棚から眺めていた。

ああいう関わり方をして、珀晶との関係が気まずく崩れてしまうことを恐れていたのに、結果としては何も変わらなかった。

踏み出してしまうことを最後まで迷ったが、間違ってはいなかったらしい。

「珀晶、朝ごはんにしよう。冷やしといたスイカを持って来てくれよ」

「はーい」

里の人にもらったスイカを冷蔵庫代わりに泉に沈めてあった。はしゃいで泳いだ珀晶が大きなスイカを持ち上げて淵に上がってくる。水底に転がしておいたスイカは本当に冷たくて、ザクッと包丁を入れると、真っ赤に熟した食べごろだった。

高橋からもらったワンピースを着た珀晶が、大きく切ったスイカに齧りつく。

「あま～い」

「タネは食べちゃ駄目なんだぞ」

「なんで？」

「お腹の中で芽が出るからさ」

「！　本当？」

躾《しつけ》に使う方便を言うと、珀晶が目を丸くして、慌ててタネを口の中から出す。神様のくせに、そんなところは簡単に騙されるのが可愛くておかしい。

大人らしい立ち居振る舞いになってきたかと思えば、こんな幼さはまだ残っている。

シャクシャクと甘いスイカを齧っていると、セミの声がジワジワと響き渡る。

夏休みのキャンプみたいだ。

もうすぐ学校も夏休みになる。日がな一日珀晶とここに居られる日が続く。珀晶にそれを伝えると、とても楽しみにしてくれて、テントに置いたカレンダーに花丸を書き込んだ。

◆　◆　◆

もう夏休みに入る、という日に、ひと夏分の資料を背負《しょい》い込んで大学から山へ帰ってきた。ふうふういいながら山頂につくと、珀晶が白いワンピースをはためかせて駆け寄り、おかえり、と弾んだ声で出迎えてくれる。

「あれ？　くるみちゃんは？」

なんで高橋の名前が出るのだろう。

珀晶は本当に不思議そうにきょろきょろと後ろの方を見る。珀晶が間違えるはずはない。

まさか、本当に来ているんだろうか。

「…聞いてないぞ？」

「でも、もうすぐ来ると思うけど」

駅からの長い道のりに、そんな姿は見かけなかった。だが珀晶の言う通り、それからいくらもしないうちに崖に高橋の高い声が聞こえた。

「着いたー。はーシンドい……」

「くるみちゃん」

「珀晶？　珀晶なの？」

キャー、と喜んで興奮した声が響いて、白い縁がひらひらした帽子を飛ばし、高橋が駆け下りる。初田の姿も見えた。

「くるみちゃん！」

岩棚で抱き合って喜ぶふたりは、もう同級生とか姉妹みたいな背格好だ。珀晶は本当に嬉しくてたまらないらしく、頬を染めて目を輝かせている。

「すごーい、超美少女だわ。珀晶ったら可愛いーっ！」

「くるみちゃん……」

ギュウギュウ抱きしめられて、珀晶がちょっと驚いている。少し離れて再会の抱擁を見守っていた初田に近づくと、さすがの初田もちょっと興奮気味だ。

「すごい、こんなに変わっちゃったんですね」

「…まあな」

最初の頃しか見ていないから、初田たちの驚きはひとしおだろう。

「あの、珀晶って、実は女の子だったとか、そういうんじゃないですよね？」

「男だよ」

全部検分しているから間違いない。間を省いて答えると、初田がまだ驚いた顔をしている。

「こんなに綺麗なもんなんですかね。神様って……」

そう言われて改めて珀晶を見る。

毎日見続けて目が慣れてしまったかもしれないが、初田の目が釘付《くぎづ》けになるほど、やっぱり珀晶は性別不明の美しさらしい。

なめらかに風を孕《はら》んで揺れる長い白銀の髪。白く柔らかな頬、華奢な手足。魅惑的な、虹色の瞳。

指摘されると、確かに女性に変化したのかと思うのもわかる。

高橋が急にこちらに目を向けた。

「先生、ずっとここで暮らしてたんですって？　ズルイわ、内緒にしてるなんて」

「……隠すつもりじゃなかったんだが、言いそびれたんだ」

珀晶がしゃべったのかと思ったら、守野氏に聞いたのだという。

「だって、どうしても帰省前に珀晶に会いたかったんだもん。守野さんに直談判《じかだんぱん》でお許しをもらおうと思って来てみたら…」

いつも通り、守野氏はあっさり登山を許したそうだ。村には一本前の電車で来ていて、自分がバイクで帰ってきた時には、守野氏の家に上がり込んでいたらしい。それで道中出会わなかったのだ。

追及の矛先がこちらに来る。

「…だから、悪かったって。いずれはちゃんと言うつもりだったんだよ」

「ひどい。私、ずーっと珀晶がひとりぼっちなんじゃないかって心配してたのに、なんにも教えてくれないで…」

高橋が憤慨すると、珀晶が遠慮がちに手で止めた。

「くるみちゃん、ごめんね？」

「珀晶が謝ることはないのよ。先生が悪いんだもの」

「でも……敦を怒らないで……」

「……」

高橋も、珀晶の頼みには逆らえなかったらしく、それ以上はぶつくさ言うだけで追及しなくなる。

「…まあ、いいんだけど。珀晶は幸せそうだし……私も会えたし」

「ありがとう、くるみちゃん」

「こんなに変わっちゃった珀晶に『くるみちゃん』って言われると…すごく不思議な感じだわ」

「そう？」

「うん…」

がっしりと珀晶の両腕を摑んで、高橋が念を押す。

「このままどんどん成長しても、私のこと忘れないでね」

「うん、だいじょうぶ。絶対忘れない」

ストレートで愛情深い高橋の言葉に、珀晶が笑みをこぼす。

ひと通り再会を喜び合うと、高橋がリュックからごそごそといろんなものを取り出し始めた。

「ちゃんとごちそうを用意してきたのよ」

「わあ、これなに？」

「えへへー。珍しいでしょう？　せっかくだから、山では採れないものがいいかしらと思って」

弁当箱をいくつも取り出し、蓋をあけるとウインナやコロッケに交じって、チョコレートやポテトチップスが入れてある。高橋の発想はいつも斬新で……既成概念に捕らわれない分、幾分エキセントリックだ。

「ほら、初田君も手伝って」

「うん」

ピクニックシートを広げ、昼食会の用意をしながら、初田にぼそぼそつぶやく。

「尻《しり》に敷かれてるなあ」

「あのくらいで驚いてたら、彼氏は務まりません」

「……お前たち、付き合ってたのか」

さらっと言われた報告に驚きながら、達観した顔をしている初田を、軽く尊敬した。意外な組み合わせに見えるが、妙に納得がいく。そうだろう。そのくらい大きくかまえていないと、ああいう女子は許容できない。

大勢で囲む食事はとても賑やかだ。守野氏が差し入れしてくれたというおにぎりや野菜の浅漬けをみながら、ひとしきり和む。

「それでね、すごいの。この辺って伝説になってて」

高橋の話によると水神がいつの間にか縁結びの神様になっているらしい。そんな氏神は珍しくないが、そもそも、村でひっそりと守られていた神様だ。覚醒めたばかりの水神に尾ひれのついた噂があるなら話の出所は高橋たちしかいない。

「伝説って、お前が触れまわったんじゃないだろうな?」

「私じゃないですよ」

「お前以外、誰がしゃべるんだ」

「誉田先生……」

えー、と自分の代わりに初田が驚いてくれた。なんでも、もう誉田教授は何回かこの村に足を運んでいるらしい。

「お前、何を吹き込んだんだ」

研究バカの師範代みたいな存在だ。このテの貴重な資料を見つけたら、絶対見逃してなんかくれない。とんでもない相手に話してくれたものだと、少し恨みがましい視線で脅した。

「あの先生、珀晶なんか見つけたら、標本にしかねないんだぞ……」

「だって…」

高橋はバツが悪そうにごにょごにょと語尾を濁した。

「だいたい、縁結びだなんて、どこからそんな話になるんだ」

「それは…ちょっと、その…でも、あんまり詳しいことは話してないから大丈夫なんじゃないかなあ。珀晶がどこに居るとか、話さなかったし」

「……うーん」

伝説の発端を追及するより、現状の方が気になって黙った。そう言えば最近、ふもとで見かけない観光客らしい人によく遭遇すると思っていたのだ。大学からの帰り道で電車を降りると、女性が数人連れで折り返しの最終に乗って帰る。

季節柄、ハイキングか登山客かな、などとのんきに考えていたのだが、里山歩きにしては確かに年齢が若すぎだ。

あれは、〝伝説〟のお参りに来てしまった女子たちかもしれない……。

ふもとの人たちの様子は変わらない。もともと余所者に寛容な土地柄だから、この程度のことは気に掛けないだろうが、それでも、いつかこの騒ぎが山の頂上まで来てしまったらと思うと心配だ。

善意の村人だけならいい。だが、全ての人が珀晶のような存在を認めるわけではないのだ。

山の神様はそのままそっとしておきたい。

この場所は、珀晶だけのものにしてやりたい…。

「珀晶が下山できるわけじゃないんだから、この場所は秘密にしてくれよ？」

観光客であふれ返ったら大変だろう？　と諭すと、高橋も若干神妙な顔になる。

「はい…」

殊勝な返事はするが、その代わり私はまた来てもいいですよね、と約束を取り付けるのも忘れない。

「くるみちゃん、また来てくれるの？」

「うん、夏休みが終わって、学校が落ち着いたらまた来るわ」

秋だね、と珀晶が笑う。栗拾《くりひろ》いをする約束をして、高橋たちが帰る準備をした。

「俺は送ったらまた戻ってくるから」

「うん、いってらっしゃい」

うっかりいつも通りに言葉を交わしたら、珀晶の腕が伸びて首にかかった。

誤魔化す間もないほど、自然に唇が触れる。

「……」

微笑んだ珀晶はいつも通りだ。いや、いつもはもう少し濃厚にキスしている…主に自分が。

背中に痛いほど視線を感じた。初田も高橋も、今のシーンは見逃さなかっただろう。冷やかされるのを覚悟して振り向くと、まだビックリした顔がふたつ並んでいる。

赤面しながら渋面を作って急《せ》きたてた。

「ほら、下りるぞ」

「はーい」

高橋の声がにやけている。言い訳したくても、ボロが出そうで何も言えない。きっとあとで〝ラブラブだ〟とかなんとか初田と評するんだろう。

……もういい。本当のことだから隠すもんか。珀晶を好きで何が悪い。

誰も突っ込まないのに、ひとりで開き直って山を下りた。

夏の強い日差しも、木々に遮られてまばらにしか届かない。濃い陰を作る山道は標高のせいでひんやりしている。

木々のあちこちに朝顔が蔓を巻いて、閉じかけてはいるものの、薄青やピンク色の花をつけていた。黄色い女郎花《おみなえし》や紫色の藪蘭《やぶらん》が、日陰に色を添える。セミの大合唱が山いっぱいに響き渡って、盛夏の山を謳歌していた。

「先生、本当に毎日ここを登り下りしてるんですか……」

少し息を切らしながら、初田が尋ねる。

「毎日じゃないさ、学校へ行く時だけだ」

それでも大変でしょう、と汗を拭いながら高橋も言う。

大変なんかじゃない。

待ってくれている人がいるところへ帰るのは、とても幸せなことだ。

「慣れたもんだよ」

道はあえて整備しない。それは村の人がそうしていたように、本来頻繁に行き来するためのものではないから。

琥晶に会いに行くために、自分は仮に山に通ることを許してもらっていると思っている。

竹林の隙間から、守野氏の家が見えてくる。縁側がある庭に紅い百日紅《さるすべり》が咲いていて、日差しに白い幹が光って見えた。

「守野氏にもお礼を言ってな」

「はい」

帰りの挨拶をすませ、見送りはここまで、と思っていたら高橋が意外な提案をしてくる。

「ねえ先生、電車まで時間があるから、あのうどん屋さんに行きませんか？」

見せたいものがあるのだ、と高橋が笑った。遠くまで来てくれたふたりをねぎらいたいのと、あまり口に出して言えないが、配慮してくれたたくさんのことに感謝したくて、その案に乗った。

駅まで山二つの道のりを、バイクを引きながらてくてく歩く。高橋の帰省先は宮崎《みやざき》で、初田は千葉《ちば》の実家にちょっと顔を出すだけらしい。

「先生は？」

「俺？　まあ、特に行くところはないな」

実家は富山《とやま》にあるのだが、行っても行かなくてもいい。そもそも親が九人兄弟なうえ、自分もこの世代としては多い五人兄弟の四番目だ。毎年帰ると、従兄弟《いとこ》に叔父叔母、姪に甥にその義家族に…と、誰が誰だかわからないほどの人数が、とっかえひっかえ帰ってくる。ひとりぐらい減っても、あまり気にされないのだ。

「そうかあ。帰省したら珀晶と離れ離れになっちゃうもんね」

意味深な声に、ちょっと恥ずかしさを覚える。

「……別に、そんなんじゃない。帰らない年だってある」

「そうですよねー」

「なんだよ。お前たち何想像してるんだ」

「なんでもないですよ。先生こそ何考えたと思ってるんですか」

「あら、いいじゃない。ラブラブなんでしょ？」

「……高橋」

そんなんじゃないんだ、とは言えない。

「大丈夫、誉田先生には絶対言わないから」

にやにやされているのに返しようがないまま、やがてふもとのうどん屋『杵屋』についた。


久々に入ったうどん屋には、奥のほうに二名登山姿の女性がいるだけだ。冷やしたぬきを頼むと、香の物の小鉢がついた膳《ぜん》が運ばれてくる。

「で、見せたいのってなんだ？」

「あれです、あれ……」

高橋がにこにこしながらレジの横を指す。古いレジスターの置かれた台に、手のひらぐらいの籠《かご》が何個か並んでいて、会計ついでに買えそうな、鈴や根付けなどの小さな土産物《みやげもの》が置かれていた。

「？」

その数種類の籠の中身をよく見ると、木彫りの小さな札が入っている。龍を象《かたど》った朱印が押された和紙が貼《は》られていて色の濃いピンク色の紐《ひも》で結わえられていた。籠に、立て札のように『恋愛成就』と書き出されている。

今までこんなものは無かったはずだ。本当に水神は恋の神様に大変身させられたらしい。土産物というのはどこも商魂逞《たくま》しいものなのだが、この里でもやっぱり便乗商売があるのが、普通っぽくて良いような、ちょっと残念なような気がする。

会計に並んだ登山客が、やはりそれを見つけて買いながら、老女に尋ねた。

「この水神様の山って、どれなんですか？」

お参りに行きたいという女性客に、老女は誰に対してもそうであるように、愛想よく笑って答える。

「このあたりの山は全部水神様のものですから、どこの山でもご利益はありますよ」

客たちは、そんなに深く考えないのか、その適当な答えに満足して店を出ていく。高橋たちはそれを黙って聞いていて、客たちがいなくなってからこっそり笑った。

相変わらず、この村の人たちはおおらかだ。

「そのうち、店の近くにお参り場所とかできますよ、絶対…」

「そうかもな…」

村の人たちはウソをついてはいない。どの山も珀晶が治める山だし、この近くにお参り場所ができてもきっと〝水神様の住まい〟とは書かないだろう。

参りたい人はそこに行けばいいし、ご利益があると信じるならそれを否定しない。

でも、誰も珀晶の住まいが結靭山だとは言わないし、水神がうどんを食べに来ても、しらんぷりしてもてなしてくれる。客人も神様も、誰も傷つけない……。

この村のひとたちの優しさは、そんなふうにできているのだ。

だから、まだこの村には神様がいるのかもしれない。

高橋も、誉田教授をこれ以上刺激しないと約束してくれて、手を振りながら電車に乗った。


長い日はまだ暮れていなくて、首が日焼けするのを感じながらバイクを飛ばす。玄関横を通らせてもらったら、守野氏が茹《ゆ》でたトウモロコシをくれた。

珀晶の分と、ちゃんと二人分。

夕陽に木々の葉が輝き始め、頂上に着いた頃は、白い岸壁の内側が、全面オレンジ色に輝いている。

「珀晶？」

飛びついてくる姿がなくて視線を巡らせると、泉の淵で急にマメ科の蔓が背を高く伸ばしていた。

きっとあの陰に珀晶が眠っているはずだ。

蔓同士を絡ませ合い、添う物無しで蔓は日陰を作っていた。ひんやりした岩の上で、珀晶が丸まって眠っている。

「……珀晶」

声をかけても目を醒まさない。今は〝神様の休息〟中なのだ。そっと手を入れて抱き上げる。呼吸していないんじゃないかと思うくらい静かで、こころなしか体温も低い。

抱いたまま岩棚のほうへ運び、テントの中にこしらえたベッドにそっと寝かせようとすると、ゆっくりと珀晶が目を開けた。

「敦……」

「ただいま…」

静かに微笑みかけると、より一層大人になった珀晶の澄んだ声がする。

「どのくらい眠ってた？」

「ほんの数時間だ」

「くるみちゃんたちが帰ったのは今日？」

「うん。まだ同じ日だ」

覚醒めるたびに尋ねてくる。自分はどのくらい眠っていたのか、どのくらい時間が経ってしまったのか。過ぎていく時を確かめてから、珀晶の長い指が頬に触れてきた。

「いっしょにお見送りしたかったな……」

ベッドに降ろしたものの、半分抱きかかえたまま、うどん屋に行ったことを話した。

いつの間にかお守りができていたこと、彼らの帰省の話。高橋が、珀晶ともう一度この店に来たいと話していたこと。ふたりきりで話すと、どうしても囁き合うように静かな声になってしまう。

クスクスと胸もとで珀晶が微笑う。

「楽しかった？」

「ああ…」

　珀晶はあのうどん屋を懐かしんだのかもしれない。楽しそうに彼らとの話を聞いていた。でももう一緒に行きたいね、とも行こうね、とも言わない。ただ包み込むように柔らかく微笑む。

　一緒に行けないことをもう嘆いたりはしない。変化を受け入れながら、珀晶は大人の神様になろうとしている。

　自分も、その変化を受け入れることができている。

「敦は、お家《うち》に帰らないの？」

「ここで仕事するのに、資料を山ほど持ち込んだんだ」

　まとめるのにひと夏かかるよ、と笑うと、ありがとうと頬に接吻けてきた珀晶を、そのまま抱きしめてふたりでベッドに沈んだ。

第三章

水の中で光がカーテンのように揺らめいて降り注いでいる。泉の中央は、十数メートルの深さだが、土も砂もないためにどこまでも透き通って青い影が広がるばかりだ。珀晶はそのなかをゆったりと潜ったまま進み、沈んだ巨石の間を魚のように泳いだ。

時折巨石の蔭《かげ》から、岩魚がスッと泳いでくる。彼らとは心を通わすことはできないが、敵ではないことを向こうが知っている。だから巨石と同じで、目の前に自分が居ても、魚は何事もなかったかのようにすんなり避《よ》けるだけだ。

水上で響く蜩《ひぐらし》の音が鈍く聴こえる。きらめく日差しも最早《もはや》夏の名残となりつつあった。

水の中は気持ちいい…。静かに目を閉じていると、崖を登ってくる敦の気配が視えた。出迎えたいのだが、今から出ても、もう間に合わない。

敦が岩の上から自分の姿を見つけてくれた。岸まで泳げば丁度間に合う、そう思ったのにふいに敦の足音が遠ざかった。

岩棚の方へ向かって、そしてもう一度岸に近づいてくる。

ぱしゃん、と音を立てて岸に上がると、敦がすぐ目の前に立っていた。手にはタオルが用意されていて、そっと差し出される。

「……?」

ふい、と目を逸らされると、どきりとした。

「敦？」

「…ほら」

タオルを押しつけて、やっぱり視線は避けたままだ。

何かおかしな姿に変わったのだろうか、自分の姿を見ても取り立てて変わったふうには見えなくて、敦に近寄って尋ねてみる。

「…なにか、変？」

「どこもおかしくない」

でも、敦はそっぽを向いたままでいる。覗き込むように見ると、赤面した敦がちらりと視線を戻した。

「早く服を着てくれ……」

避けられた理由が解って、とたんに自分も恥ずかしくなった。自分の変化ばかり気にしてしまうから、時折そのことを忘れてしまうが、人間のように抱き合うとき、こんな風に敦は熱を持て余す。

その衝動を感じて自分も肌がぞわりと粟立《あわだ》ち、欲求のままに敦の身体に腕を回した。

「敦…」

「おい……」

敦は困ったような顔をしたが、振り払うことはしなかった。そのまま肩や背中を撫でて、抱きしめてくれる。

眠り続けている間に孤独はない。でも覚醒めるといつも心の中がぽっかりと空洞で、淋しさに泣きたくなる。敦の姿を捜して、肌でその存在を確認しないと安らげない。

生まれたての頃とそう変わらなかった。いつまでたっても、敦の姿を追いかけている。神とはそうしたものなのだと思う。ひとりきりで、いつでも人が恋しくて、だから人間に関わるのだ。

ただそこにいるだけの山や樹とは違う。彼らに関わりたくて、心を通わせたくて、だから自分たち神は、人間の姿にとてもよく似ている。

古い神々もみなそうだ。寂しさに耐えかねて、里の人を助けたり悪さをしたり、人や動物に化けては人間の社会に紛れた。

関わっていたい。自分も村の人々のことはみな好きだけれど、敦だけは特別……。

「珀晶……」

「ん……」

柔らかい囁きが耳元でする。頬を擦り寄せるようにして接吻けると、熱っぽい手が頭を抱いた。髪を掻き交ぜ、深く唇を重ね合う。

「…ん……」

濡れた肢体は扇情的で、とても見ていられないんだ…と敦はそういうくせに掌で肌をなぞりながら、桜色に染まってしまう自分の身体を見つめている。

「…ぁ……」

腰を抱くようにしっかり抱えられたまま、腹をなぞる掌がその下をゆるゆると握って扱く。視線から逃れようと敦の胸のほうへ身を捩《よじ》ると、肩や首筋に唇が落とされた。

甘く肌をざわめかせる愛撫《あいぶ》に、ため息のような喘ぎが零れる。

琥珀《こはく》、と熱を帯びた声が耳朶をくすぐり、いつの間にかふたりとも岩棚に転がるように倒れ込む。

「敦……ぁ……」

互いの体を求めあって、一番熱くなった部分を重ね合わせる。

包み込まれるように抱きしめられながら、極みに達していく。

「は………っ…」

「琥珀…」

心地よくて蕩けそうだった。敦にこうされることが、気持ちよくてたまらない。

強く抱きしめられて、呼吸が治まらないまま、何度もキスをした。

せっかく泉で泳いだのに、また身体を洗わないといけないな、と敦が笑う。

「いっしょに泳げる？」

「そうだな。もうすぐ水が冷たくなるから、泳ぎ納めか…」

裸で抱き合うのはすごく恥ずかしいのだが、こんな風に身体ごと求められるのが嬉しい。敦に抱かれるのは、水の中にいるより心地よかった。

汗ばんだ身体を冷やすように、ふたりで泉を泳いでからテントに戻った。

◆　◆　◆

数日後の昼間、珀晶は唸るような音を聴いて顔を上げた。

ヴゥン…と、人間には聞き取れない程度に軋む音に眉を顰める。

立ち上がって風の気配を読んでもわからず、そのまま風に乗って宙に浮き上がった。

〈何処《どこ》……？〉

不快を顕《あらわ》す鈍い唸りに、目も耳も凝らしてみるが、反響しあって源が見つからない。

眼下に泉が小さく見えて、敦が大学に行っていて不在なことを少し感謝した。

敦はこうした力を見せても自分を恐れたり避けたりはしないだろうが、何故か、自分はいつまでも敦にとって身近なヒトと同じような存在でいたいと願ってしまう。

自分の身体だけではない、水も風も、自在に操れるようになっている。でも、なるだけ敦の前ではそれを見せないようにしている。ふわりと風に漂いながら、珀晶は耳障りな音のする方向を見つけた。

〈……山そのもの？〉

地響きとはまた違う、警告のような唸りは、結勒山全体が低く唸っているのだ。

その出所を感覚で知り、珀晶はため息をついた。

この山は、ヒトが住むことを好まない。誰を指しているかは明白だ。山にとって異分子である敦がいる歪みが、ここにきて唸りをあげるほど溜まってきている。

……ずっとここに居ることを、許してはくれないのだろうか。

山は水脈をたたえているから、水神は山そのものを支配する。だから里人は水神を〝山の神〟と称するのだが、山はそれ自体が生き物だ。木々がそれぞれ生きているように、山自身とも意を交わして治めている。

こと山に関しては、神であっても一筋縄ではいかない。彼らは彼らで、対等な力を持つ存在だから。

珀晶は怒りを含む山の気配に訴えかけた。

「敦ひとりだけでも、許せませんか？」

唸りは止んだが、その不快感は消えないようだ。山は沈黙したまま、歪みが是正されていないことを示した。

周囲の山と違って、結鞆山は堅い岩盤を持ち、周辺の水脈の〝臍《へそ》〟にあたる。ヒトの気で乱されることを嫌い、多くの植物を寄せ付けず、住まうのは水神ひとりだった。人間はどうしてか、そのバランスを察知したのだろう。祀り上げることで村からやんわりと人を遠ざけ、山の意を汲んできた。

自分が覚醒めるとき、敦の存在を許してくれたのに、今はどうして駄目だというのだろう。それ以上何も語ってくれない山に、少し悲しくなりながら珀晶は泉に戻った。

「……」

泉の淵で、そっと重いため息をつく。

いっときその唸りを沈黙してもらったものの、山の問題は解決していない。悩んでいるうちに鰯雲《いわしぐも》が夕焼けに照り返って、眩しいばかりの日が暮れ始めた。

敦が戻ってくる気配がする。寄る辺ない不安を抱えていた心が、少しだけ温かくなった。

崖に向かい、リュックを背負って帰ってくる敦を待つ。

「おかえりなさい」

「ただいま」

敦は笑顔で答えてくれたが、手を伸ばして頬に触れてくる。

「何かあったか？」

「え？」

「いや、なんだかそんな気がしただけだ」

何もない、そう答えて笑う。敦に歪みの事情は言えない。

それでも表情が曇ってしまったのか、敦はいつもそうしてくれるように、トントンと背中を叩いて
抱きしめてくれた。

抱きしめられて崖の真横の藪に視線が向けられ、ふいにそこがガサガサ動いたのが目に止まった。

「…？」

敦も気付いたらしい、抱えたままそっちに身体が向く。

「……狸《たぬき》じゃないか？」

「あ…本当だ……」

ひょこん、と顔を出したのは一匹の狸だった。結鞆山に動物が入って来ること自体が稀《まれ》なことだ。

そこそこ大きくて、愛嬌《あいきょう》のある狸は、顔をこっちに向けて、首をかしげている。

そっと手を伸ばしたが、人間がそばにいたせいか、警戒して茂みに後じさった。

「まって……」

動物は人間に近いから、植物や石ほどこちらで支配できない。彼らには彼らの意志があって、ヒトより少しは伝わるけれど、やっぱり異種の生き物だ。そうそうこちらの言う通りには動いてくれない。

もちろん、水神として力で生き物をねじ伏せることはできるけれど、それは自分がやりたくない。自分の力で相手が苦しむ顔を見るのが嫌なのだ。だから、いまだに誰のことも従わせたことがなかった。でも、言葉で頼んだぐらいではまるで駄目で、狸は振り向きもせずに走っていく。

「……」

しょんぼりとその後ろ姿を見送った。せめて撫でるだけでもしたかったのに…。ちょっとがっかりしていたのに、後ろでは敦が笑っていた。

「そんなところはあんまり変わらないな」

「え？」

「すっかり大人になったけど、あんまり神様らしくない」

安心した、と敦が言う。

自分はそんなに変わっただろうか。

「まあな。落ち着いたっていうか……」

「？？」

変わっていないつもりだったのに、やっぱりいつの間にか変化はしていたのだ。それを言ってくれなかった敦に少し落ち込む。

「いつも、変になってないか聞いてるのに…」

「別に変じゃないさ。誰だって大人にはなる」

「……」

小さいころほど、気安く構えないのは仕方がない。悪気なくそう言われて、何も言えなかった。

ずっと敦にまとわりついてる小さな自分で居たかった。でも、それは着丈の合わない服を着ているようなものだ。無理をするとおかしく見える。

……敦にここに居てもらうこと自体が、無理なことだ。

山は受け入れないと意思表示しているし、敦はここに住むために、すでに色々なものを犠牲にしている。

自分が変わらなければならないのだろうか。

誰もがそう望むように、いつまでも敦の手を借りずに、自分は〝神様らしく〟ならなければならないのだろうか……。

◆　◆　◆

「教授の代わりに出張に行かなきゃいけなくなったんだ。一週間ぐらい戻れない」

「出張？」

夜が更けて、テントの中で敦が言う。

研究室の先生の代わりに、離島調査に行かなくてはいけないのだ、と敦が説明してくれた。

高速船を使って丸一日以上の場所。そう説明されても本当はどれだけ遠いのか、よくはわからない。

でも、それはよいことだと思えた。

今、山はまだ苛立《いらだ》っている。なるだけ敦がここにいないほうがいいだろう。

一時しのぎで、何の解決にもならないかもしれないが、秋の長雨に備えて、山の気がおかしく歪むことは避けたほうがいい。

そんな事情を話さないでいると、塞《ふさ》ぎ込んでいるように見えたのか、敦がとても心配そうな顔をするので、笑って答えた。

「大丈夫、ちゃんとお留守番してるから」

それでもまだ、食事や灯りの心配までしてくれるので、少し噴き出しそうになった。敦は人間だから食事も暖も取らないと死んでしまうけれど、自分たち神は、食べなければ食べないでも生きていける。そもそも敦がいなければ、たぶんあの洞窟か泉の底で、ものを口にすることなどなく、時間のほとんどを過ごしてしまうだろう。

暑くても寒くても死なないが、心配されるのはとても嬉しい。

寒くないか、といってかけてくれた上着も、穿かせてくれた靴下も、寒さに震える人間だからこそできる優しさだ。もこもこの暖かい感触は、そのまま敦の心の温かさのように感じられる。

「そろそろ寒くなってきたしな」

「このテントは温かいから、ここに居れば平気」

敦が持ち込む山のような書物で手狭になったテントは、ベッドの上くらいしか空いたスペースがなくて、中にいるときはたいていここに座ってくっついたままだ。寄りかかると自然と腕が回されている。

「守野さんにも言っておきたいんだが、なんだか最近いつも留守で、話せないんだ」

「そんなに心配しなくても大丈夫」

「そうか？　寂しくない？」

「…大丈夫」

微笑うと敦も笑ってくれるので、それを見たくていつも笑いかけてしまう。

翌朝、子供の留守番のようにあれこれ言い含めて、敦は大きな荷物を背負って山を下りた。

山頂には秋風が濃く吹き始め、木々が実りを付け始めていた。

◆　◆　◆

鏑矢は離島調査で意外に手間取り、二週間が経った。

久しぶりに村に戻ると、山が足早に秋の色に染まり始め、山頂は鮮やかな紅葉が始まっている。

鏑矢は守野家の軒先にバイクを停《と》め、いつもと違う様子に気付く。

木戸が外され、人が通りやすくなった庭から竹林を覗くと、入り口からずっと、竹の間を白い紐のような布が繋がれ、山頂へゆく道筋が出来ていた。

自分のいない間に、何があったんだろう。

凶事でないことは確かだ。おめでたいことの印に、竹と竹を結んでいる布は蝶結《ちょうむす》びで、赤い飾紐《かざりひも》で括《くく》られた鈴が垂らされている。

駅からここまで、特に変わったことはなかったが、誰ともすれ違わなかった。

出張前から守野氏の姿が見えなかったことを思い返しながら、鏑矢は布の張られた山道を登る。

白い布は延々山頂まで続いていて、人々がそれを頼りに登ったのがわかった。竹林が終わると、自分が通い慣らした道に沿って、摑まりやすそうな樹を選びながら布が巻かれて次の樹へと繋がれる。

……なんだろう…。

汗ばみながら登り切ると、崖の内側には、五、六人の人がいた。みな、山伏のような潔斎装束をしている。

彼らは洞窟の方を見ながら、何かを待っているようだ。

鏑矢はとっさに岩棚の壁に穿たれた自分のテントのことを思い出して、そっと崖伝いに回り込んで様子をみる。守野氏に許可をもらっているし、岩をくり抜いたのは自分ではない。だが、それでも村人からすれば、神聖な岩場を勝手に削った不埒者《ふらちもの》と映るかもしれないのだ。

冷や汗をかきながらその場所を見ると、そこは見事な蔦《つた》に覆われていた。

崖の上から壁を伝って地面まで。横幅四、五メートルほどに亘《わた》って、紫色の花を付けた葛がびっしりとカーテンのようにテントのある場所を覆い隠している。

珀晶だ……とっさにひと目を遮ってくれたのだろう、村人に仰天される光景を見せなくて済んだことに感謝しながら、肝心の珀晶はどうしているだろう、と思った。

うかつに出て行けずに、崖の上から様子を見ていると、どうも洞窟の中にはすでに何人かの人が入っているらしい。それなりにスペースはあるが、全員は洞窟に入りきれないので、外に待機しているようだった。老人たちは、のんびりと岩場に座って談笑している。

穏やかな光景だ。神事を執り行うというより、盆踊りで神輿《みこし》を用意しているときのような、和やかでハレの日を祝う空気が漂っていた。

出ようかどうしようか迷って、結局崖から下りた。きっとこの一団の中には守野氏もいるだろう。なんの行事なのか知りたいし、なにより珀晶がどこにいるのかが心配だ。

「おや、先生でないか」

「…国枝《くにえだ》さん」

一団のなかにごま塩頭の見知った顔があって、鏑矢はほっと笑みを返す。よく見ると、駅からの道でたまに会う顔がいくつかあった。

「どこ行ってんだかって、みんな思っとったで」

「すみません、出張で……」

学者さんも出張なんてあるのか、と老人たちは軽快に笑う。気心の知れた人たちがいて、鏑矢も幾分ほっとした。

祭事は通常、ずっと前から準備するものだ。自分が居ないたった二週間の間に急にこんなことをするのは、もしかして自分の居ない間によくないことでも起こって、慌てて鎮めの祭りでもしているのではないかと心配だったのだ。

「守野さんからは先月から言われてたで、そんないきなりな話じゃねえですよ」

「そうなんですか」

「先生にも話してあるはずだっけ、なんで聞いとらんのじゃろう」

おかしいな、と老人が確認しに洞窟に向かう。特に中に入ってはいけないというようなものではないらしい。ついていくと、中には数人の姿があった。

泉の反射する光に慣れて、中の人の顔が見分けられるようになると、白髪の小柄な老人を見つけて声をあげる。

「誉田先生！」

「あれ？　鏑矢君、早かったね」

「あれじゃないですよ……他人《ひと》に調査を押しつけて、何をやってらっしゃるんですか」

誉田教授はきらきらした黒目で悪びれずに言う。

「ああこれ？　だって、守野さんが山に登るっていうから、どうしても連れていってもらいたくて」

「……」

開いた口が塞がらない。この先生は悪気はないんだが、自らの興味のためならどこまでも我を通してしまう人だ。きっと、自分が居たのではいろいろと面倒なのと教授自身がこの山に登りたいのとで、離島調査をこちらに押しつけたのに違いない。

子供みたいに我慢がきかない。純粋な学究心で、打算がないから非難できない部分もあるのだが、そこに大人の悪知恵もあるから始末に負えなかった。

「鏑矢さんは、ご存じなかったんですか…」

「守野さん…」

「言おうと思ったんだけど、鏑矢君はどっちにしても出張だったから、これに参加するのは無理だと思って」

誉田教授は悪びれない。

一番祠の近くにいた守野氏が振り返って見ていた。穏やかな老人の顔に非難の色はないが、少し驚いている。守野氏は、誉田教授に伝えておいたのかもしれない。

どうりで話が伝わらないはずだ。教授が情報を遮ってしまったのだから。

「鏑矢君、ご神体は見た？」

「え？」

「これなんだよ、今写真撮らせてもらったんだけど……」

「……」

自分の表情にも、守野の視線にも教授はおかまいなしで、撮影したばかりのデジカメ画面を見せに寄ってくる。

「ほら、これ、何だと思う…？」

写っているのは修復された祠に入れ戻した襲だ。もちろんこんなご神体など他の地域でもお目にかかったことはなく、興奮している教授は夢中になって画面を見せながら見解を述べている。

良く言えば学者気質《かたぎ》なのだが、誉田教授は若干空気が読めない。

他者に寛容な村人たちだが、それでもあまり快く思っていないのは確かだ。彼らは、この場所に畏敬の念を持てない人を嫌がっている。

自分も同じ気持ちだった。教授の考察は非常に深いものがある。だがそれは知識の上だけのことであって、本当にこの山の神様を尊崇《そんすう》できたら、こんな場所では騒げない。

「先生、そのお話は下山してからにしましょう。まだ神事の途中なんじゃないですか」

「終わっとりますよ」

守野氏が穏やかに言った。供撰《くせん》を捧げて祠を清めに来ただけなのだと言う。

あれこれ資料写真を撮り続ける教授を、辛抱強く待っていてくれただけなのだ。興奮冷めやらぬ教授を洞窟の外まで押し出しながら、鏑矢はそっと守野氏に詫びた。

「すみません、夢中になってしまう先生で…」

「かまいませんよ」

守野氏は苦笑している。

「悪い人じゃないんですが……」

学者さんは知りたがりですから、と守野氏は慰めてくれた。きっと昔に来たという調査の人々も、こんな感じじゃなかったのだろうか。

村人の大切にしているものを、無神経につつきまわすなんて冒瀆《ぼうとく》だ。学術という名目があれば何をしてもいいというものではない。

鏑矢は心の中で守野氏に感謝した。教授は祠に入っていた嚢を、ご神体と信じ込んでいる。守野氏は珀晶のことを言わなかったのだ。

きっと「聞かれなかったから答えなかった」と守野氏は言うのだろう。山に登って祠の前に供えものを捧げた。勝手に神様の姿を勘違いしたのは教授で、守野氏は黙っていただけだ。

珀晶の姿を見たことのある人たちも、のんびりと泉の淵で座り込んで待っていた。

「さて、下りますかね」

わらわらと老人たちが立ち上がる。鏑矢はちらりと岩棚を見たが、誰もあのそばまでは行かなかったらしい。

もっとも、蔓と大きめの葉が密集して重なった葛は厚みが出来ていて、掻き分けて探さなければ、その奥に何かあるとはとても思えない。老人たちも、口ぐちに綺麗な泉だとか景観の美しさを称《たた》えるが、自分の住まいについては、誰一人尋ねなかった。

知っている人のほうが多いのではないかという気がするのだが、みな素知らぬふりで触れてこない。

「おらが覚えてるのは、親爺《おやじ》がこの衣装で出かけた時のことだけだからなあ」

「一生にいっぺんじゃて聞いてたで、足腰が弱る前でよかったさあ」

「違いない」

がはは、と豪快な笑い声が岩場に響いた。もしかすると、七〇年に一度のお祭りも、こんな風にシンプルに行われるものなのかもしれない。

研究内容にしか興味のない教授は、そういう祭りに関した無駄話だけは聞き逃さない。あんなにうるさかったのに、とにかく大人しく聞き耳を立てている。

本当の研究バカとはこういう人のことを言うのだ。高橋たちは自分のこともそう揶揄《やゆ》するが、自分はここまで変わってはいない。

足元に気を付けてくださいね、と守野氏が声をかけながら、順次下山に入った。みな、名残惜しそうに泉の方を振り返り、立ち去るときは、誰もが手を合わせて深くお辞儀をして帰っていく。

作法ではなく、心から出てしまう行動なのだろう。神様の住まいにお邪魔しました。お騒がせしてすみません、供物を置きましたから、召しあがってください……。

そんな気持ちが伝わってくる。

やはりこの場所はそういう神聖さを持っているのだ。恐れ多くも一角を借りて住まわせてもらってはいるが、自分もこの場所を騒がせたくはない。

だがこんなに美しい場所にも特に感動しないらしい教授は、容赦なく自分の興味だけを向けてくる。

「鏑矢君、ここに住んでるんでしょ？　下りることないじゃない」

大変だ。教授は村人を帰して自分は残る気でいる。鏑矢は慌てて弁明した。

「住んでるわけじゃないですよ。野宿ですから」

「でも高橋くんから聞いたよ」

騙されるもんか。高橋はこれに関しては口が堅いはずだ。珀晶を大事にしているんだから。

「守野さんも、鏑矢君はこの山に登ってるって言ってたし」

「高橋は、村に住んでるのをそう勘違いしたんじゃないですかね。確かに登山はさせてもらっていますけど、来る時は本当に寝袋で野宿ですよ」

本当？　と執念深く教授が食い下がる。

「ここは村の人だって数十年に一度しか登ることが許されないんですよ。そんなに頻繁にお邪魔できるわけないじゃないですか」

教授はしばらくあの手この手で食い下がってきたが、崖の内側のどこにもそれらしい痕跡がないので、しぶしぶ引きさがってくれた。自分が持ち帰ったまま返さない書籍類などを知っているので、住まいが別にあるだろうと分析したらしい。

珀晶に感謝だ。あの葛で隠しておいてくれて、本当に助かった。

「でも、僕守野さんちにしばらく泊めてもらえることになったから、もう一度くらい登ろうかな」

「じゃあ手伝いますよ」

笑顔でそれに答えた。下手に止めさせようとすると、余計興味を持つだろう。厄介なことになったが、いずれにせよこの教授が放っておいてくれるはずがない。とにかくひとりで歩かせるのだけは避けたかった。

勝手なことをさせないためにも、しばらくは手伝いをするしかない。その中でなるだけ興味を結勒山から他の場所に移していくのだ。

「……」

しばらくは、うかつに珀晶には会えないな、と心の中でため息をついた。見知らぬ第三者が居る時に駆け寄ってくるほど、珀晶はもう子供ではない。その点は安心できるものの、その分少し寂しい気がした。

この教授が居座っている限りは、会えそうにない…。早く飽きてくれればいいが、と思いながら年の割に健脚なのを驚きながら、村人の後を追って下山した。

◆　◆　◆

夜。鈴虫のリーンという輪唱が耳に痛いほど鳴る。珀晶は近付いてくる人の気配に目を醒まして身構えた。

また知らない人間が大勢登ってくるのだろうか……。

闇の中でじっと息を殺していると、やがてそれが敦だとわかる。

昼間、急に大勢の人がやってきた。ビックリして、とにかく大急ぎでテントのある穴を隠し、人々が帰ってくれるのを待った。

敦の気配もしたけれど、結局敦もそのまま山を降りてしまったのは、自分が出てはいけない何かがあったからな気がする。

葛の葉のカーテンの前で、敦の声がした。

「珀晶……いるのか？」

出て行っていいんだろうか、そろそろと出口に近づき、葉を掻きわけた。久々に出た外はとても涼しくて気持ちいい。

「ぷ…は……」

ははは、と敦が笑っている。

「…？」

「息苦しかったのか？　大変だったな」

敦が蔓をわけて、出やすいように手伝ってくれながら抱き上げてくれた。

「こんな空気が籠もってたら、苦しいよなあ」

「…ほんとだ」

言われてみるとその通りだった。ずっとじっとしていたから気にならなかったが、なかはむっとするような空気が溜まっていた。夜の冷えた空気を深く吸い込むと、生き返るようだ。

敦が抱っこしながら髪についた葉を払い落としてくれる。

「急に人が来て、びっくりしただろう……居てやれなくて悪かったな」

「……敦」

敦が優しい目で見つめてくれた。そっと肩によりかかると、身体がほどけていく。やはり無意識に緊張していたらしい。今頃《いまごろ》になって、いろんな感情がいっぺんに押し寄せてきた。

村の人たちは穏やかで、この場所をとても丁寧に扱ってくれていたけれど、なんだか恐かった。

敦もまるで自分がいないように振る舞っていて、テントの中にじっとしているのはとても不安だった。

なんとなく知ってはいたけれど、敦と自分が一緒に暮らすことは、秘密のことなのだ。

人間がここに住むことを許さないのは、山だけではない。人間自身もここに誰かが住むことを許してはいなかった。

いままで里人と関わったことがなかったから、それを意識しないだけで、こんな風に現実を見せられると悲しくなる。

自分は、そんなに悪いことをしているのだろうか……。

敦はそっと頭を撫でてくれる。

会えなかった寂しさと、甘えたかった感情を抑えられなくて、ずっと黙って敦の胸に顔を埋めていると、敦は抱いたまま岩場に座って、望むままにしていてくれた。

「早く帰ってこれなくてごめん…」

ううん、と頭をふる。

敦はゆっくり説明をしてくれた。村の人たちはお清めに来てくれたこと。その中に敦の研究室の先生がいたこと。先生に秘密にするために、そのまま一緒に下山したこと。

「悪い先生じゃないんだが、たぶん、珀晶には会わせない方がいいと思うんだ」

今も、その先生が眠った隙に会いに来てくれたのだという。

申し訳ない気がした。人間の脚では、どんなに慣れているとはいえ山を登ったり下りたりするのは大変なのだ。

覚醒めたばかりのころはそれが解らなかった。ただ敦にずっとここに居て欲しくて、敦の苦労も知らないで、毎日大学からここへ帰ってきてくれることを、当たり前のように思っていた。

くるみちゃんも初田君も、村の人だって、みなこの道程にへとへとになってやってくる。なのに、敦はいつだって黙ってそうしてくれていた。

敦はいつも自分のわがままを叶《かな》えてくれる。でもその陰にある大変さは、自分に言わない。

「……どうした？　まだ不安なことがあるか？」

「…」

胸に寄りかかったまま敦を見上げると、敦が背中をゆっくり撫でながら微笑んでくれた。笑いかけたいのに、そうできない。胸元に顔を押しつけて逃げた。

「どうしたんだ？」

「こうしてて…」

答えになっていない。でも敦は苦笑して抱きしめてくれた。

「淋しかった？」

「……うん……」

それが一番の理由な気がした。立て続けに起きた出来事も、突き付けられる現実も心を振り回すけれど、何より敦に会えなかった時間、自分は淋しかったのだ。

眠っても、覚醒めてもひとりで、敦のぬくもりを探し求めていた。

「教授が守野氏のところに泊まっている間は、しばらく夜しか来られないけれど、必ず来るから」

昼間、教授と来た時は出てこないでいてくれ、そう言われて顔を上げた。

敦は自分が眠る時間を削ってここに来てくれるつもりだ。そんなことをさせてはいけない。珀晶は心配をかけないように笑みを浮かべた。

「そんなことをしなくても大丈夫。ひとりでも平気…」

敦が笑う。

「こんなに甘えててか？　強がりにしか見えないぞ」

「平気…」

図星を指されたけれど、キスで誤魔化した。敦に無理はさせられない。

「お留守番もちゃんとできていたでしょう？　もうしばらくひとりでも大丈夫」

敦はしばらく黙ったけれど、頷いてくれた。

月が沈みかけている。夜明け前に敦を帰さなければ…。

腕を放し、立ち上がって下山を促す。崖の上まで見送ると敦が振り向く。

「会いたい時はちゃんと知らせてくれ、な？」

こくりと頷くと、敦は頭をくりくりと撫でてくれて、夜の山道を帰っていった。

眠る木々に、敦を護ってくれるように頼みこむ。

敦は簡単に見破ってしまったけれど、強がりと言われても、しばらくちゃんとひとりで我慢してみようと思った。

「……」

敦の先生がここの調査を終えて帰ってくれるまで、どのくらいかかるのか解らない。また、今日のようなことがないとも限らなかった。

珀晶は洞窟の中に向かった。中が暗くても、自分の身体がほのかに放つ光で、周囲のものは姿を浮かび上がらせる。

整えられた祠。布が敷かれ、供撰の他にひと揃いの衣が奉納されている。手にしてみると、帯は何色もの糸で刺繍《ししゅう》模様が施され、染めのない布は絹だった。たっぷりととられた袖や、袴《はかま》に似た長い下《した》穿《ば》きは、どこか厳かな意匠になっている。

これが、彼らの想像する〝神様〟の姿なのだろう。彼らは、自分がこんな風になることを望んでいるのだ。

自分が村人に関わるのなら、この先ずっとこんな期待をされる。

敦のようにあるがままの自分を受け入れてくれるわけではない……。

自分が得体のしれない何者かにされてしまいそうな気がした。たぶん、今日彼らが来たときに感じた漠然とした恐れは、これだろうと思う。

誰も今の自分を知らない。彼らの望む姿だけを求められて、本当の自分を見てもらえない。

頭のどこかが、彼らの望む〝神様〟を識っている。

水神としての力を振るう時、もう少しで自分の感情が失《う》せてしまいそうになる時がある。きっと、今の自分の感情がなくなったら、水神としての力だけになってしまったら、彼らの望む〝神〟になるだろう。

それは感情のない、ただの力だ。水脈を整え、大地の理を保つためだけの存在。

山全体のバランスを取るためなら、たとえ川が氾濫するほどの量になっても、山から水を押し出し、その結果で村の人が死んでも、それを嘆いたりはしないだろう。

それが自然の理だからだ。どの動物だっていつかは死ぬ。折れて朽る樹木のように、芽吹けないまま食される木の実のように、生まれた命が全てその種の生き方をまっとうできるわけではない。それでも自分は悲しんでしまうだろう。自分とよく似た形をしている人間の死を、簡単に忘れられない。

山を治める時も、動物に遭遇する時も、心のどこかが神としての力を使うように囁く。

そうしてしまえば簡単だ。力を以て力を抑え、治めていくことにはなる。でも、そうしてしまった時に、多分この感情を引き換えにしてしまうのだ。

悲しむことが無くなる代わりに、喜ぶこともなく、敦を捜して泣いた夜も、あのぬくもりに安堵したことも全部忘れてしまうだろう。

だから使えない。使いたくない……。

このままで居たい。山々には意を交わし、解ってくれと頼めば、木々が願いを聞いてくれるように、山も治めていけるだろう。

力で捩《ね》じ伏《ふ》せて動物をそばに置いても意味はない。無理やり連れて来るぐらいなら、遠くから眺めているだけでいい。

それでも、敦がいないことに、耐えていけるようになるだろうか。

それとも、敦がいない寂しさを乗り越えられなかったら、もう感情など捨ててしまったほうがいいだろうか……。

供物に囲まれて、却って孤独を感じながら、珀晶は洞窟で座り込んだ。

◆　◆　◆

「鏑矢君、今日は水脈が戻ったっていう河川に行こう」

「……お早いですね、先生」

障子越しの朝日が眩しい。鏑矢は眠くて目をゴシゴシ擦って答えた。老人の朝は早いというのは本当らしかった。まだ五時半だ。

布団に戻ったのが明け方だから、実はまだ一時間も寝てない。

……眠い……すごく眠い。

「急ぎたまえ。朝食を作るのを手伝わないと、居候してるんだから」

「…はい」

居候しているのはお前だろう、と言いたいが黙って従う。確かに守野氏にはひとかたならぬ世話になっているのだ。不在中この我儘《わがまま》教授の面倒をみてもらい、自分も一緒に泊めてもらった。自分が山に住んでいることを、守野氏は上手に伏せてくれている。

着替えて土間に行くと、守野氏が煮炊きをしていた。さすがに竈《かまど》はないが、勝手口に続く土間は、地面と同じ高さで、居間からは下りて下駄を履かないといけない。

「お早うございます。遅れてすみません。あの、手伝えることはありますか」

「お早うさんです。魚でも焼こうかと思っとったんですよ、お願いしていいですかね」

「あ、はい」

土間にブロック塀のかけらが置かれていて、その上に載せられた古い冷蔵庫を開けると、そこに魚が入っている。昨日のうちに調達してくれたのだろう、人数分揃えてあった。

「……すみません。勝手に押しかけて、ご迷惑をおかけして……」

基本的にこの村の人は、訪ねて来る人を拒まない。でも教授の居座り方は無神経だ。研究のためだとどこまでもずうずうしくなれてしまう教授に代わって鏑矢が詫びる。守野は菜っ葉を切って味噌汁鍋に入れながら笑った。

「鏑矢先生も御苦労が絶えませんな」

「……はあ……本当に、なんて言っていいか」

守野氏はお玉でくるっと掻き混ぜると、ひと煮立ちするのを待って火を消す。

「鏑矢先生のお住まいですけどね、国枝さんとこの納屋ってことになっとりますから」

偽装工作までしてもらい、恐縮して頭を下げた。

「すみません。でも本当に助かります」

教授はなるだけ早めに帰るようにさせますから、と言うと、守野氏が珍しく笑顔を消して言った。

「そのほうがいいでしょうなあ」

「……？」

「いや、あの先生のせいばっかりではないでしょうが…山が怒っとりますから」

「山が……」

昨日の登山は、やはり七〇年に一度の「お清め」だったそうなのだが、数年前倒しにして急に行ったのは、山の怒りの気配が原因だという。

「…何故なんでしょう。山が怒るって、なんで……」

「私共にはようわからんです」

守野氏は首を横にふる。

「取りあえず、何ぞ忘れていないか考えて、もしかして神様がお生まれになったのに、何もお祭りをしなかったのがいけんかったのかと思って、慌ててやってみた次第ですわ」

なにせ神が孵るのは、千年に一度だ。具体的なやり方は示されていなかったのだろう。七〇年に一度のお清めと同じ形を取ったらしい。

でもそれが原因ではないのは明らかだ。

「……俺が居るのが原因、ということはありますか」

守野氏は困ったように首を振った。

「何で怒っとるのかとか、わしらにそんな細かいことまではわかりませんわ」

わかればとっくにその解決方法を実行しているだろう。馬鹿なことを聞いたと反省すると、守野氏が慰めるように肩を叩いてくれた。

「でも、私は個人的に違うと思っとりますよ」

「もし、本当に山が先生に怒っていたら、もうとっくに登山など許されんでしょう」

「……」

「持ってきましたよ、守野さん」

勝手口に誉田教授が、産みたての卵を持って戻ってきた。教授はこういう生活自体が楽しいらしく、このまま居着きそうな勢いだ。

ふたりともそれから山の話を避け、朝食を終えると、教授の望み通り沢へ向かった。


駅から歩いて四十分ぐらいの山の間に、水脈が戻ったという河川があって、鏑矢は教授と連れ立ってそこに行った。道すがら昨日登山した人々に会うが、村人はこの変わった教授をそれなりに面白いと思ってくれるようで、気さくに話してくれる。

黙って立ち話を聞いていると、どうやら教授はすでに夏あたりからここへ何度も来ているらしい。自分が適当に濁したあと、待っていられなくてすぐ歩きまわったようだ。そう言えば高橋もそんなことを言っていたな、と思い返す。

せっかちなこの教授の性格を知らないわけではないのだから、もう少し早く対策を取ればよかった、と悔やんだ。教授は興奮していろいろ話してしまったのだろう、噂《うわさ》が噂を呼んで、観光客の数は前より増えていて、駅に近づくたびにそう思う。

教授はそんなことお構いなしで上機嫌だ。

「しかし先生、そんなに何回も来ていて、沢に行くのは初めてなんですか？」

それは意外な気がした。面白がって真っ先に行きそうなのに。だが、教授はかくしゃくと歩きながら言う。

「いや、行ったことはあるんだよ。でも、テレビ局の人に、他にも蘇った河川があるはずだって言われたから、鏑矢君知ってるかなと思ってさ」

「……なんでそれを先に言わないんですか」

きっと現場に着いてから「ここじゃない」と駄々を捏《こ》ねるつもりだったんだ。想像がついて、呆《あき》れて文句半分になる。

「だって、村の人は知らないってはぐらかすし。でもあれははぐらかしてるんだよ。絶対あるはずだ」

妙なところで勘が鋭い。普通に聞いても、自分も誤魔化すだろうと読んで、こんな作戦に出たのだ。

「でも、俺だって知りませんよ。だいたいそのテレビ局の人ってなんです？」

「え？　ああ、沢に行く時ね、ニュースでやってたなと思って、てっとり早くどこにあるか電話で聞いてみたの。その時話のついでで水神の話になって。ここは君が調査してたじゃない。だからそんな話をして、そしたら局の人が是非お話を伺いたいとか言っちゃって…あれ？　君その時居なかったっけ？」

「居ませんよ…それいつです？」

取材があったなんて知らなかった。教授はとぼけた顔で話を続ける。

「あ、そうだそうだ。君居なかったんだよ、それで丁度研究室に高橋君がいたから、取材のひとたちがあれこれ聞いて…あれでしょ？　高橋君たちは、ここが縁で付き合うようになったんでしょ？」

鏑矢は口をあんぐり開けて、その適当な顚末《てんまつ》を聞いた。水神が縁結びの神様にされたのは、高橋たちがルーツだったのだ。と、いうより、高橋と初田が付き合っているのは聞いていたが、いつからかなんて、知りもしなかった。

この調査がきっかけだったのだ。気付かなかった自分も鈍いが、不思議な縁にちょっと驚いた。

しかし、地方のローカル局とはいえ、電波媒体での取材なのに、そのお気楽で適当な話は、どう伝わったのだろう。

あまりにも急すぎる観光客の増加、勝手に増えて行く情報がとても不安だ。テレビ情報の威力というのは、思っているよりずっと影響が大きい。

だが、教授は相変わらず頓着《とんちゃく》していない。

「古地図で見ると、水脈がもうひとつあったらしいんだよね。でも山の形が正確じゃないし、沢の近辺を歩きまわっても、それらしいところがなかったんだって。局的には、古地図に龍神の絵が描《か》いてあるから、それを画面に出して、河川復活、っていうニュースにしたかったらしいよ」

なるほど、絵的には映えるだろう。それで民俗学の教授に取材したのだ。教授の取りとめもない説明にようやく納得する。

水神への興味が、沢のほうに行ってくれるのなら、そのほうがいい。

「その古地図、借りてみましょう。ちゃんと地図と照らし合わせながら探してみましょうよ」

個人所有でなければ、フィルムか画像になっているはずだ。教授はそう言い出すのを待っていたらしい。黒い瞳をくりくりさせて言った。

「そう？　じゃあ頼むよ。あ、もちろん僕も手伝うからね」

「……え？」

うそだ、絶対丸投げだ。嵌められた、と思ったが遅かった。

単純さを装って老獪《ろうかい》なんだから…だからこの教授は……と内心で憤慨しながら、鏑矢はまんまと策にはまった。


結局、水脈調査に駆り出されることになり、鏑矢は身動きが取れなくなった。守野氏の好意に甘えてまだ守野家で起居《ききょ》している教授は、その間結靭山を調べると言いだした。

「僕ならひとりでも登れるよ。鏑矢君は授業もあるんだし、古地図の調査と手分けしてやろうよ」

分離作戦だ。最初から自分だけで好き勝手に祠を調査したくて、仕組まれたようにしか思えない。

「しかし……」

「案内は私がしますから、鏑矢先生は大丈夫ですよ」

「守野さん……」

夕餉《ゆうげ》の食卓を囲みながら、守野氏が穏やかに口を挟んだ。教授を非難しておいてなんだが、自分もちゃっかりご相伴にあずかっている。

「いやいや、もう道もわかりますから、大丈夫です」

「村でも、あと数十年登る者がおりませんから、はいどうぞお好きに…とはまいりませんよ」

守野氏の穏やかな牽制《けんせい》に、さすがの教授もそれ以上言えず、お目付け役付きの調査で、しぶしぶ承諾した。

これでまたしばらく珀晶のところに行ってやれない…。それだけが気がかりだった。

見知らぬ来訪者に珀晶は隠れていなくてはならない。あの場所は本来、神様が自由に過ごす場所だ。そうでなくても、この間の様子からしたら知らない誰かがいることは、とても緊張して疲れることなのだろう。いつまでも甘えてきて離れなかった。

日に日に朝夕が冷え込んでいく。肌寒さを感じるたびに、珀晶が震えていないか、淋しくないかと心配になる。

とにかく一刻も早く古地図を調べ上げ、教授をそちらにあてがってしまおう…と鏑矢は急いで水脈調査を始めた。

◆　◆　◆

珀晶は、見知らぬ人が登ってくる気配を感じて、スッと葛の葉を割ってテントに隠れた。初めは人間の来訪に驚いて、ひたすら蔦を密集させてしまい、息苦しくなるほど隠れたが、今はすっかり慣れたものだ。

葛に命じて蔓を緩ませ、簡単に出入りできるし、もう中で窒息するような籠もり方もしない。

登ってくる人の顔もわかった。ふたり連れのうちのひとりが守野さんで、もうひとりの見慣れない老人が、おそらく敦の先生だ。

敦の姿がないのは何故だかわからない。だが、敦に言われた通り、守野さんがいても、〝教授〟がいるうちは外に出なかった。

どうしても外に出たい何かがあるわけではないが、動く場所を制限されると、何か窮屈な感じはする。一度、彼らが洞窟に入っている間に、こっそり山肌のほうに出たことがあるが、見つかったらどうしようと思うとドキドキしてしまい、結局また蔦の後ろに隠れてしまった。

この蔦はいつまでもこのままにはできない。葉はもうすぐ枯れるだろう、その前に彼らが帰ってくれればいいなとこっそり思う。

そうしたら村人はまた何十年も登ってはこないはずだ。

身動きできない長い時間、やっぱり眠った。眠りながら山の様子を探ると、まだ山は怒っている。敦の件だけではない、ここ数日のにぎやかな登山が、余計山には障るのだろう。

人間で言えば、羽虫がぶんぶん顔の周りを飛び回っているようなものだ。山には、人の気配が煩わしいのだ。

それもわかる。だからよりによってこの時期に何度も人間が山を登ってくることに、少しハラハラしている。仕方がないのだろうが、できれば山を過剰に刺激してほしくない。

……困ったな。

多分、こういう時に、他の神様なら人間に怒ってみせる。山が唸ったように、自分も水神の力で怒ればよいのだ。それで、なんとなく人間は恐れてくれる。

でも、それをするのは躊躇われた。

敦はずっとここに居て、毎日のように山を登っている。敦はよくて、他の人は駄目なんていう理屈は通じるだろうか。

きっと人間にはわからないだろう。何故怒るのかわからず、多分またお供え物を持って登山されてしまう。それでは逆効果だ。

「……ふう」

色々考え事をめぐらせて、敦がいない寂しさを紛らわせるのが上手くなった。でも、何も感じないようにしているだけで、本当は淋しいのかもしれない。

でも…敦は淋しいだろうか？

敦とは数日会えていない。敦が自分を大事にしてくれているのはわかっているのに、ふと不安になる。

にぎやかな人間の社会にずっと居て、そちらが楽しくなってしまわないだろうか。

やはり、人間同士のほうが、敦には楽なのではないか…。

ずっとここに居てくれると、そう言ってくれた。でも、それは小さい時の約束で、もしかしたら、もう敦はこんな山に自分ひとりのために登ってくるのは嫌になってしまって、人間社会の暮らしが恋しくなってしまうかもしれない…。

そう思うともう二度と会えないような気がして、考えないようにしていた寂しさで胸が痛む。

泣きそうになってそっと蔦の間から顔を出した。ちょうど守野さんと教授が帰るところで、ふたりは崖を上っている。

そんなにおおっぴらに顔を見せたわけではないけれど、崖から反対側の山道へ下りていくとき、守野さんはこちらの方を向いて、深々と頭を下げた。

とても丁寧に、とても距離感を持って…。

敦に背負われて守野さんの家に行った時のことを憶えている。

優しい老人は、とても穏やかに笑って生まれてきたことを喜んでくれた。それは今と同じようにとても丁寧だったけれど、着物を着せてくれた時も見送ってくれる時も、とても身近な気がした。

今のように遠くない……。

厳かで極上品の絹帯を供えられるより、ひらひらのきんぎょみたいな帯を締めてくれた時の方が良かった。

日が暮れて、風が強くなり、葛の葉がガサガサと揺れて音を立てる。

月が冴《さ》え冴《ざ》えと泉を照らすが、泉の中にも行く気になれない。水が冷たくても気にならないけれど、今欲しいのはそれではなかった。

温かくてじんわりと幸せな気持ちになれるもの……敦以外の何かを考えると、靴下と上着ぐらいしか思いつかない。

どれも敦が着せてくれたものだ。

何をしたら心の中があったかくなるだろう。どうしたらこの気持ちを消せるだろう。

ごろん、とベッドに横たわってうずたかく積まれた書物をひらひらと開ける。読むでもなくもてあそんでいたら、ふいに山が唸りだしたのがわかった。

「……？」

誰かの近づく気配がしている。山はそのことに苛立ちを示しているのだ。

…近づく者の気配が判別できるほど距離が縮まって、敦だとわかる。珀晶は眉を顰めた。山は人を区分けしたりしない。誰であろうと近づく者は不愉快なのだ。きっと昼からずっと続く登山の気配に、不快感が臨界点を超したのだろう。たまたま今来たのが敦だっただけだ。

昼夜を分かたず気を乱されることの煩わしさは理解できる。でもそれ以上爆発しないように、珀晶は必死で山をなだめた。

——見逃して……。すぐ帰すから、もう少しだけ許して……。

会いたい。山の唸りに不安が募るのに、自分が敦に会いたい一心で、山に頼み込む。

山に気を取られ、テントから出ようとするより前に、敦の方が辿り着いていた。

「珀晶？　いるか？」

「敦…」

がさ、と蔦が掻き分けられ、ふわっと温かい気配がテントに満ちた。冷えた外気をまとって来ているのに、敦が入ってきただけで、まるで灯りがついたように、部屋が輝いた気がする。

「敦…どうして」

「もっと頻繁に来ようと思っていたんだけど、あの先生、なかなか監視が鋭くて…」

敦が苦笑して、驚いている自分に手を伸ばした。

抱き寄せる腕、たったそれだけで何もかもが満たされる。胸にしがみつくと、大きな手が頭を撫でてくれた。

「ひとりにさせてごめんな」

「…ううん」

会いたかった…温かい敦の体温に、触れていたい。山への不安も、独りの淋しさも、たったこれだけで嘘のように消えていく。

敦は片手で抱えてくれたまま、真っ暗だと本は読めないぞ、発電機の使い方を教えただろう、と笑って部屋に明かりを点《つ》けてくれた。

オレンジ色の暖かな色がテントに広がる。

ずっと抱っこしてもらったまま、珀晶はここしばらくの敦の様子を教えてもらった。

敦は研究と授業と調べ物で、とても忙しいらしい。

「古地図は手に入ったんだが、全く地図が合ってなくてな。絵では川がもう一つあるようなんだが…」

「それ……樫《かし》の樹のとこの？」

「え？」

敦が驚いた顔をして、それから赤くなった。

「……そうだよな。お前、水神だったんだ…忘れてた」

お前に聞けばよかったのか、俺はなんで探し回ってたんだ…とひとりで赤面している。

うろたえている様子がおかしくて笑った。自分を全然神様扱いしない敦が好きだ。

首に腕を回してキスをする。

「連れて行ってあげる」

「お前が？」

「うん」

敦が驚いた顔をしている。でも、夜の今ならひと目につかない。今なら、一緒に敦と外を歩けるだろう。

外に一緒に行きたい。村のみんなのように、人間のように、敦と自由に歩き回りたい。

夜ならこっそり行けるでしょう、と言うと敦は了解してくれた。

ふたりでテントを出て、真夜中になった岩棚に出る。

「珀晶、下駄はなかったたっけ？」

「あ…」

裸足の足を心配してくれたが、いつか老女がくれた下駄は、もうすっかり小さくて履けなくなっていた。

もう、あの頃とは違う自分なのだ。小さな下駄はそれを諭しているようで、チクリと胸が痛い。

こうやって同じことをしようというのが無理なんだろうか。もう、敦と出かけたりはできないのだろうか。黙って下駄を見ていると、敦が笑った。

「じゃあまた靴下だな」

テントから洗いざらしの靴下を取ってきて、座るように手で示す。

「もう輪ゴムが要らないな」

小さなときと同じように、靴下を履かせてくれる。もこもこの靴下は、前みたいにぶかぶかではないけれど、やっぱり温かい。

「ありがとう、敦…」

行こうか、と敦が微笑んで手を取ってくれた。

風に乗れば山を越えるのはあっという間で、すぐに川に着く。だが珀晶は手を引いてくれる敦と一緒に真っ暗な山道を歩いた。

敦の体が辛いだろう、と自分の我儘に心の中で詫びる。だが、歩きながら敦が笑って言った。

「一緒に出歩けるのは楽しいな」

「本当？」

「ああ、デートみたいだろ？」

デートは恋人同士がすることなのだと、下る山道で手を引きながら教えてくれた。傾斜がきつくなると、先に下りて抱いて降ろしてくれる。

「おぶったほうが軽くて楽そうだなあ」

降ろしてくれながらそう言ったので、思いだして笑った。敦は、自分が小さかったときから、変わっていない。

そっと竹藪《たけやぶ》まで降りて、守野さんの畑を抜けて隣の山へ回る。

村の人もあまり通わない道を使って二つ隣の山まで行く。目当ての川は大きく水脈が蘇った場所から、山を挟んで対向線ぐらいの場所にある。ここはかつて地盤が弱くて何度も土砂崩れを起こすので、前の水神が村人の願いを聞き入れて、水脈を止めていたのだ。

自分が眠っている間に、その場所にはたくさんの樹が生えた。中でも自分が眠っていた時間と同じ年齢の樫の樹は、岩を抱いて根を張り、土石を塞《せ》き止めるだけの十分な大きさになった。

細い水脈なら通して大丈夫なほどになった。だから山肌から水を染み出させたのだ。

水脈と言っても本当に細い。大人がひと跨《また》ぎできそうな程度の川幅でしかなかった。

敦が見まわして感嘆の声をあげる。

「…すごいところだな」

「そう思う？」

「うん…珀晶が住んでいる所は綺麗ですごいけど、こっちもすごい景色だよ」

小川の左上では、数メートル上で落ちてきそうに張り出している岩を、樫の根ががっちりと抱きかかえて、山肌に食い込んでいる。樫はその上で常緑の葉を広げ、周囲の木々よりずっと高く天にそびえていた。

数百年前、濁流が流れた爪跡《つめあと》はまだ残っていて、細い小川の両側は渓谷のように穿たれている。山から流れ出た大小の岩がごつごつと転がって、そこに立つと自分が小人になったような気分になった。

鉄砲水が押し流した後は、土や小さい石は残らない。廃墟《はいきょ》のように大石だらけの中、蘇った小川の周辺だけが、小さく緑を蘇らせている。

川のせせらぎ、手を入れると底に手が着く程度の浅い川に、まだ若い苔や水草が色を添えて、川から順に、再生しているみたいに見えた。

腰に手を回したまま敦はしばらく小川を見入っていた。

「役に立った？」

「うん、ありがとう」

明日、これを教授に報告すると言って、唇が寄せられた。

柔らかく熱く、敦の唇が唇を吸い上げて、ひらいた唇から舌が割り込む。

「…ん……」

なまめかしい感触。そのままずっとそうしたい衝動に駆られて、珀晶は懸命にそれを止めた。

敦は人間だ。歩き回ってとても疲れているはずだし、学校にも行かなくてはいけない。朝になる前に、ちゃんと家に帰さなければいけない。

　敦は自分とは違うのだ。自分の我儘を通してはいけない。

「教授が帰ったら、すぐ山に戻るから」

　その言葉に曖昧に微笑んで頷いた。山の示した拒絶を、敦には言えなかった。

　里の道を避け、守野さんの家まで戻れたのはもう三時を回っていた。山頂まで送ると言う敦を、やんわりと止める。

「大丈夫」

　敦があ、そうか、という顔をした。

「もしかして飛べたりするのか…？」

　飛ぶことはできないが、風に乗ることはできる。あまり本当のことを言いたくなくて黙ったが、敦はあまり気にしないようだった。

「天の邪鬼だってできることなんだもんな」

「……」

　人間と同じに見て欲しい、そう願うのはおかしなことだと自分でもわかる。子供の頃は何も考えずに敦の前でも力を使った。だが、今は人間とは違う力を見せてしまうことが、同じ世界に生きられない明確な線引のようで泣きたくなる。

　自分は、敦と同じ存在で居たいのだ。口ごもって俯くと、敦の手が頭を撫でた。

「俺に付き合わせて悪かったな。足、疲れただろう？」

「そんな…」

て手を振ってくれていて、それが少し心を軽くしてくれた。

敦は山へ帰る自分をずっと見送ってくれていた。隠さないで風に溶け込んだが、敦はやっぱり笑っ
「…うん」

「…この騒ぎが終わったら、こっそり高橋にも会えるようにするから、もう少し我慢しててくれ、な」

本当に涙が出た。敦は笑ってそれを拭《ふ》いてくれる。

「敦…」

「俺はおかげで楽しかったんだけど」


あくる日、敦は誉田教授をもう一つの水脈へ連れていったらしかった。そのせいなのか、教授はぱったりと山に来なくなった。

敦はその日から山に登ってきてくれる。本当に当たり前の顔をして、数週間前と変わらない様子で毎日「ただいま」と言ってくれた。

そのたびに少し心の中が泣きそうになる。山が敦を拒み始めたことを言えない。

きっかけが誰の登山であれ、今回の騒ぎで山は怒りを再燃させてしまった。あれ以来、どんなに頼んでも不快を鎮めてはくれない。そしてそれを、敦に言えなかった。

自分は一度だけという約束を破ってまた敦を山に入れ、山はそれに反発を表明し続ける。

岩棚で焚《た》き火《び》を囲みながら、敦は誉田教授が守野家を辞した顛末を教えてくれた。

誉田教授は、教えてもらった小川を確認するや、あっという間にテレビ局の人にそれを教えてしま

ったのだそうだ。教えてもらって喜んだ局の人は、お礼に先生が好きそうな古地図ばかりを持っている個人を紹介してくれて、先生は目を輝かせてその人のお宅へ行ってしまったという。

「魅力的なお礼だとは思うけど…極端だよなあ」

誉田先生にとって興味深いのは、昔の人の暮らしや言い伝えで、特にこの山だけにこだわっているわけではない。持って帰った襲はそれなりに調べるだろうけれど、もう興味は他に移っている。

敦が気が抜けたように苦笑した。

「まあ、これで平和になったし、よかったんだが…」

焚き火には、弾けて爆発しないように、上手に栗が入れてある。敦は時折それを棒の先で転がす。

焼けたかな、と言って掻き出す栗を見ながら、思い出したように言った。

「もうそろそろ高橋たちにも会えるようにしないとな」

栗拾いをする約束をしたのは夏だ。あの時は楽しみにしていたけれど、今は喜べない。山は日に日に不快音を大きくし始めている。こんな状況に、くるみちゃんたちを招くことはとてもできない。

教授が去っても平和になったわけではなかった。もう山は誰の例外もなく人間を閉め出す気でいる。山にはわからないのだ。彼らから見たら、人間はみな同じに見える。村の人が守る不文律も、教授が立ち去ったことも、山には関係ない。ただ人の気配に過剰に反応するようになってしまっただけだ。

このままいけば、遠からずこの怒りが何かの形で爆発する。人間には地震とか地盤が崩れるといった自然災害として認識される事柄だ。

こんなことを敦に相談したら、きっと彼は山を下りてしまうだろう。彼は人間で、人間社会に累を及ぼすことなど選択できない。

自分だけが、敦にここに居て欲しいのだ。

敦の話に返事もできないでいると、敦が代わりに答えを出した。

「でもなあ、またここが人で賑わうのもまずいだろうしな」

「……」

ここではないどこかで会えないだろうか。くるみちゃんたちが来なくても、自分の方で行ければいいのだ。

村人も観光客もあまり来ない場所。ひと目につかなければ、自分が会いに行く。

「あの樫の樹の小川に、会いに行くのはどう？」

「歩くと大変だぞ？　この前みたいに飛べるのか？」

「うん…」

敦も、なんとなくこの山に誰かを登らせることを躊躇《ちゅうちょ》している。もしかしたら、村の人に何か言われたのかもしれない。自分も下山すると言いだされるのではないかと怯えたが、敦は楽しそうに同意しただけだった。

「高橋も喜ぶんじゃないか。ここ以外の場所で会えるとは思ってないだろうし…」

俺が内緒で小川まで連れて行くから、そこに現れてびっくりさせようか、と悪戯のような敦の提案に笑って返した。

その夜、敦が眠ったのを確認してから、珀晶はそっとテントから出た。

真っ暗な泉の淵から、山に呼び掛ける。敦だけは認めてほしい。どうしても許してくれないのなら、力ずくで交渉してでも……。

「……」

思い詰めたが、結局実行できなかった。神としてこの山を治める時、力で抑え込むのは必須《ひっす》だ。恐らくどの神もそうして従わせている。自分がそうしないから、山は自分のルールを通そうとするのだ。

自分には、もうそれだけの力が備わっている。小鬼に逃げ惑うような弱さはない。それでも、けっして自分が正しいとは思えない理由で山を屈服させることに、躊躇いがあった。

ヒトを愛したりしてはいけないのだ。敦だけを選んでここに置こうとする自分が間違っている。

「お願いです……もう少しだけ」

もう少し……言葉にすると心がキリキリと痛む。自分は、敦の寿命分だけ見逃してくれと頼んでいる。

自分の我侭で、無理をさせながら人間の敦をこちらの世界に住まわせている。敦がここに居てくれると言っている間はいい。でももし敦を失った時はどうするのだろう。

「……」

いっそ山の主張する通り、敦を下山させ、いつか来る〝独り〟に慣れておくほうがいいのだろうか。

いつまでも…そう願った子供の頃のことが、まるで夢のように思い出された。あの時自分は何も解らずに、ただ己の希《ねが》いを敦にぶつけた。敦はそんな自分に、全てを与えてくれたのだ。

こうして来る限界を、たぶん敦は知っていただろう。それでも〝いつまでも〟という約束をしてくれた。

永遠に続くものなんてないのだと、今になって自分の方が思い知らされる。

限られた時間しかない。それでも自分は願わずにはいられない。

敦と一緒に居たい……。

山は聞いてくれたのかくれなかったのか、あれほど反発していた唸りを、消しはしなかったが地中深くに潜めてくれた。

◆　◆　◆

その日はよく晴れて空が高く澄んで、敦がくるみちゃんと初田君を小川へ呼んでくれた。

観光客も、さすがにこんな奥の方まではこない。珀晶は山の上からそれを眺めて、一行が小川へ着いたのをみて、渓谷へ下りた。

「くるみちゃん」

薄く風に乗って溶け込んでいた姿を現し、地上にふわりと足を降ろす。久しぶりに会えたのがうれしくてそう呼びかけたのに、目を見開いたくるみちゃんの表情は、予想とかなり違っていた。

「……すごい…珀晶……」

「……」

「やっぱり、山の神様なんだね。どこにでも現れることができるんだ…」

驚いて固まっているくるみちゃんを助けるように、初田君が笑って言ってくれたけれど、初田君の顔も、驚くというよりは尊敬の眼差《まなざ》しを含んでいた。

すごーい、と駆け寄ってきてくれた夏とは、まるで違う。同じ〝すごい〟でも、くるみちゃんはもう近づけない距離感をもっていた。

驚きが尊崇に変わる。畏《かしこ》まってぎこちなくなるくるみちゃんを前に、上手く笑うことができなかった。気おくれしたように後ろへ下がり気味になるくるみちゃんに、近づくこともできない。

もう、栗を拾いに行こう、なんて言っても恐縮されてしまうだけだ。沈黙がちになった再会に、敦が気遣って話をふる。

「なんだ、高橋。随分大人しいじゃないか」

「だって、こんなすごい神様だったなんて……」

私ったら、ごめんなさい…といつの間にか可愛がってくれたことさえ、謝られてしまった。

淋しいけれど、これ以上望むことが無理なのだと悟った。委縮するくるみちゃんに、そっと微笑みかける。

「あのときは遊んでくれてありがとう。とても楽しかった……」

緊張を解きほぐすように、初田君がくるみちゃんの肩を抱いていた。触れることもはばかられて、理由をつけてその場を立ち去る。

「ごめんね、人が来るから……」

風に乗ると、溶け込んだ姿はヒトから見えない。くるみちゃんはしばらく空を見上げていたけれど、その表情には困惑と尊敬が混ざって見えた。

畏敬というのは向けられるととても孤独を感じる。自分と違うものだ、と最初から弾かれてしまったような気持ちになるから…。

あんな現れ方をしたことを、少しだけ悔やんだけれど、きっとどんな形であれ、いつかくるみちゃんにああいう顔をされるのは、避けられないことだったと思う。村の人がそうであるように、人間からしたら、やはり神様は畏《おそ》れるべき相手なのだ。

「……」

誰も居ない、静かな崖の内側に戻った。ここでは、どんな姿をしていても、どんな力を使っても、恐れられたり、忌み嫌われることはない。

しんと静まりかえった泉は、今はほっとする。もう、人間を見るのが辛かった。

仕方のないことだと言い聞かせても、くるみちゃんの表情が心に刺さる。岩棚に戻ることもできなくて、とぼとぼと洞窟に入った。

真っ暗なところで、自分の姿を見なくて済むところに居たい。

祠には、まだ供えられた衣が置いてある。

こういう風になればいいんだ。人がそう望むなら、神様らしくしたほうがいい…。泣きたいような気持ちでその衣に袖を通した。

厳粛な衣装は、敦の持っている書物で見たことがある。人間が古代の神様を想像して描いた絵に、似たような服があった。襟を銀糸で刺繍した、白い筒袖の単衣《ひとえ》。袴よりもっと古い、唐渡りの裾に似せた、白い裳。

彼らの敬う、神様の衣……。

「……」

着てしまったことで重い気持ちが余計重くなって、その場にぺたりと座りこんでしまう。

どのくらいそうしていただろう、敦が帰ってくる気配がした。岩棚の方で名前を呼ぶ声がして、そのうち洞窟に近づいてきた。

「珀晶？」

「こないで……」

こんな恰好《かっこう》を見られるのは嫌だ。

「入ってこないで」

「……珀晶」

今、自分はたぶんひどい顔をしている。敦にそれを見られるのが嫌だ。理由も言わずに拒むと、敦の穏やかな声がした。

「わかった、じゃあ外で待ってるから」

「……」

本当に、洞窟のすぐ外で待っていてくれるのだろう。わかっていたけれど、返事もしなかった。

今は誰にも会いたくない…。


長い時間が過ぎた。

その時、くしゃん、と敦のくしゃみが聞こえてきて、慌ててがばっと顔を上げた。

うっかりしていた。外はもう寒いのだ。敦は人間だから、こんなところにずっと待たせたら、寒くて死んでしまうかもしれない。

どうしよう…気が気ではなくて、洞窟の外へ出ると、敦はすぐ入り口のところで胡坐をかいて座っていた。

「敦……」

「ははは、引っかかったな……」

騙したのだ。くしゃみなんかして…。

「……」

「似合うじゃないか…それ。きんぎょみたいな帯と同じくらい」

和ませてくれようとしている。それでも涙が込み上げてきて顔が歪んだ。

敦の優しさがわかる。だから悲しくて、切なくて感情が津波のように押し寄せた。

ぽんぽん、と子供のように頭を撫でられる。

「高橋のことは、悪かったな…俺も配慮が足りなかった」

「……」

違う、敦のせいじゃない。自分のせいだ。自分が神様だから、だから遠ざけられるのだ。

「もう少し待ってやってくれ。今はお前の変化に驚いているけど、もう少し時間が経てば、高橋にもちゃんと飲み込めるようになる」

それはいつの話だろう。何日か経ったら、くるみちゃんはまた元通りに気軽に接してくれるというのだろうか。

「そのうちちゃんと、珀晶は小さいころの珀晶と同じだって解るようになるから」

そんな日が来るわけない…敦の言葉がまるで偽りの慰めにしか聞こえない。

敦だって、本当は解っていないはずだ。空を飛べるだけではない。自分はもう、とっくに人間からは遠い存在になっている。

風を操り、大地を治める力を見たら、自分の本当の姿を見たら、敦だってきっと同じように離れていってしまう……。

「…敦だってわかってないくせに」

「珀晶……」

「わかってないくせに！」

涙で頭が熱くて、胸が押されたように苦しくて、どこかにこの感情をぶつけずにはいられない。

「くるみちゃんだって、村の人だって、皆この姿が恐いんでしょう？」

「珀晶、そうじゃない」

「違わない！　皆、近づくのを嫌がってるもの」

自分が人間じゃないから。人と違う力を持っているから…。最初に村の人が、次にくるみちゃんが、そしていつか敦が居なくなる……そう思うと悲しみと憤りが爆発する。

「違う、敬っているだけなんだよ」

「そんなのされたくない！　皆そうやって遠くに行っちゃうくせに」

敦がなだめるように抱き寄せようとしてくれるが、身を捩ってそれを避けた。

「珀晶、俺はどこにも行かないよ」

「嘘」

涙で敦の姿が滲んで見える。

「ずっとなんて…嘘だもの」

心が押し潰《つぶ》されて悲鳴を上げる。込み上げる感情を胸の中にしまっておけない。

「…先に死んじゃうのに」

「珀晶…」

「敦だって置いてっちゃうくせに！」

叫んだ口元を手で覆った。

一番恐れていること…敦がここから居なくなる日を、言葉にしてしまった。

言葉という形にしてしまったことに、後悔と怖さでボロボロと涙がこぼれ落ちる。

一番言ってはいけない言葉だった。それを、敦がどうすることもできないのは、自分だってよくわかっている。

人間の生きられる時間は、とても限られているのだ。

「……敦…」

敦が生きられなくなる日……骸となり、朽ちて土に還《かえ》り、山の一部になる。その日が来たら、自分はひとりここに取り残される。

自分がどんな姿になってもそばに居てくれる敦。誰が遠ざかっても、こうして自分を選んでくれるのに、ひどい言葉で傷つけた。自分が覚悟できない感情を、敦にぶつけただけだ。

「……ごめ、ん……なさい……」

当たり散らしたのに、敦はやっぱりぽんぽん、と頭を撫でてくれる。

「ごめんな……」

「違う…敦は悪くない……」

引き寄せられて、敦の手が何度も背中をさする。

「そうだよな。あんな態度を取られたら、辛いよな……」

「…っ…っ……」

嗚咽で答えられなかった。

少しずつ迫ってくる孤独。そしていつか敦を失う日が来る。その事実を、自分の言葉が自分に突きつけた。

「珀晶、お前はひとりじゃないんだよ」

言い聞かせるように静かに、抱きしめながら敦が囁く。

「どんなに丁寧に扱われても、珀晶のことが嫌いだからじゃないんだ」

ぐすん、と胸もとですすりあげながら敦の言葉を聞いた。

本当はちゃんとわかっている。村の人たちに悪意はない。ただ、自分が人間みたいに関われないことが、悲しかっただけだ。

「……俺は死ぬまでそばに居る」

「……」

「きっと珀晶には、とても短い時間だと思う。本当はもっと、この命が続くのなら永遠にそばに居てやりたい」

「…敦」

「でもな…人間同士だって、最後まで一緒に死ねるわけじゃない。たいていどちらかが残されるんだ」

首筋に顔を埋めるようにして囁く敦が、どんな表情をしているか解らない。

「だから人間はこう考えている。〝自分が死んでも、魂となって見えなくてもそばに居る〟って、そう思っているんだ」

それが本当のことかどうか、自分たちは死んだ時の記憶がないからわからないのだ、と敦は言った。

「でも、人間はそう信じたいんだ。愛する人を残していくのが辛いから」

「敦…」

耐えられなくて顔を上げた。敦にこんなことを言わせるのが辛い。

「もういいから。もう話さないで…」

「俺は、珀晶にもそう信じていて欲しいよ」

「敦……」

敦は柔らかく微笑んで、自分の頬を伝っていく涙をぬぐってくれる。

「いつかそんな日が来ても、俺がそばに居ると思っていてくれ」

「…うん」

信じる……どんなに姿が見えなくても、敦がそこに居ると信じ続ける。

ごめんなさい、と何度も胸の中で詫びた。

敦はそれ以上何も言わずに、何事もなかったかのように岩棚に一緒に戻って、夕食を作ってくれた。

普段と変わらない敦の様子を見ながら、口にしないまま考える。

自分が逃げて目を逸らしていた問題を、敦はきっと随分前から覚悟していてくれたのだと思う。

動揺して、怯えて、ただ不安を吐き出してしまった自分を、包んでくれる。

自分は、ただ敦が好きで、ひとりぼっちになるのが寂しくて追いかけ続けたけれど、敦の想いは、もっと深いのだ。

人間が…人が人を愛するというのは、どんな時なんだろう。

ただ姿形が好きだからとか、そんな理由では愛にならない気がした。

それだけのために、敦は自分を選んだりはしないだろう。敦は人間社会での仕事や、きっと他にも色々なものと引き換えにしてここに居るはずだ。

社会での地位や、仕事、金銭…人間が大切にしているものがたくさんあるのは知っている。

そうやって得られるものの中で最後にひとつだけ選ぶ時に、人は皆、敦のように愛する誰かを選ぶのだろうか。

自分は敦を愛せているだろうか。

敦の幸せを願えているだろうか…。

本当は、敦が大好きな研究を続けられて、こんな遠い道程を歩く必要がなくて、くるみちゃんたちのような教え子に囲まれて、村人がそうしているように、家族を持てることが、敦にとっては一番良いことなのではないだろうか。

心から相手のことだけを考えたら、自分の感情だけで相手の生き方を縛ってしまうのは、間違っている。

敦を愛している…。敦が幸せになるのなら、やはり敦を人間の社会に返さなくてはいけない。

自分はこのままひとりで暮らしてもいい。

ひとりで覚醒めるときも、ひとりで眠りにつくときも、敦が幸せに暮らしていると思えたら、そう辛いことではない気がした。

山がこのまま敦を拒めば、いつか災害という形になる。山のことだ、敦が登ってこられないように、災害に巻き込んでしまうだろう。自分は、身勝手な執着で敦をそんな危険な目に遭わせようとしていたのだ。

敦に幸せになって欲しい。山を登り下りする苦労をかけるのも、危ない目に遭わせるのも嫌だ。自分と一緒に居るための犠牲も払わせたくない。

「珀晶、ほら、熱いから気をつけろよ」

「…いい匂い」

干し鱈《ほだら》を戻して作ったスープは、岩棚で起こした焚き火の上でくつくつと煮立ち、よそわれた皿から湯気が立ち上る。

「いただきます」

敦の笑顔が、何よりも心を温かくした。

本当に欲しいのは、敦の心だ。だから、そのぬくもりに触れることができなくても、どんなに遠くにいても、敦がこうやって自分を大切に思ってくれている限り、きっと寂しくはないだろう。

敦がそう選んでくれても、やはりここに閉じ込めてしまうわけにはいかない。

「珀晶?」

岩に皿を置いて、微笑んだ。

「敦…さっきはごめんなさい」

「もういいって…」

「さっき考えたの」

「珀晶？」

「敦が心で大切に思ってくれている限り、姿がここになくても、ちゃんとそばにいるんだって信じられるから。だから、敦がどこに行っても、もう寂しくないと思う……」

敦はちゃんと村か、街で暮らした方がいい、と提案する。

「もちろん、たまには会えたら嬉しいけれど」

それに、自分でもこっそり会いに行けるし…そう言うと敦が笑った。

「それでは俺が寂しいよ……」

「敦…」

「あのな、珀晶」

カタン、と敦の皿が岩棚に置かれて、すぐ隣に敦が来る。

「珀晶は、俺が人間の社会から外れてしまったと思っているだろう…？」

コクリと頷く。

「珀晶が心配するほど、俺の生活は社会からは切り離されていないんだ。それに、どうしても捨てられないものなら、ここでの生活と天秤《てんびん》にかけて、失いたくない方を選んでいる。…俺は、ここの生活を選んだんだ」

「……」

「俺は後悔するような選び方はしてない。俺は自分が幸せだと感じる方を選んだ」

「幸せ…？」

そう、と敦が笑う。

「お前のそばに居られるのは、とても幸せなんだ」

「え？」

自分の顔がおかしかったのか、敦が苦笑している。

「知らなかったような顔をしないでくれよ。ちゃんと伝えているつもりなんだがな……」

言葉が続かなくて敦の顔を見つめていると、敦がいつものように頭をぐりぐりと撫でた。

「ここに居なくてもいい、なんて思わないでくれ。それは死んだあとの話なんだから」

「あ、敦…」

縁起でもない言葉をまた口にされて、珀晶は慌てた。敦は少し真剣な顔をしている。

「なんでも言葉にすればいいとは思わないが、話すことは大事なんだぞ、珀晶」

今日のように、溜まってから爆発されると、こっちも心臓に悪いんだ…と敦が笑った。

ちょっと恥ずかしくなった。

敦の言う通りだ。敦の考えていることは、自分にはわからない。話さなければわからないことはたくさんある。

「敦も、人間同士の方がいいのかと思っていて……」

「そう見えた？」

肩を寄せ合うように座って焚き火にあたりながら、少しずつ隠していたことを話す。

「ここに来るのはとても大変なんだろうって思って」

敦が苦笑している。でも、本当にそう思ったのだ。

「俺は我儘なんだ。大学の職も失っていないし、教授を騙して自分だけここに居ようとするし、人間社会も捨てないまま、ちゃっかり珀晶とも一緒に居ようとしている」

「でも…それは大変じゃない？」

「そんなことないさ」

大学もこの暮らしも、となれば、やっぱり敦は大変な二重生活になる。

「人間は、珀晶が思うほどヤワじゃないんだよ」

それでも、ずっとというわけにはいかない。

「でも、もし年を取って、おじいさんになって、山を登れなくなったら？」

その時は、と敦が笑って頬を包みこんだ。

「もう山から下りない」

「…っ…ぁ」

それが、敦が選んだ敦の幸福。

「……わ…」

キスされたまま考え込んで、いつの間にか胸もとをはだけられていて、突然我に返った。

「あれ？　駄目か…」

「敦…」

赤くなったまま慌てて後ろへ逃げた。これまでだってそうされたことはあるのに、なんだか、今はとても恥ずかしい。

不安と熱に駆られて肌を求めたときには感じなかった気恥ずかしさだ。

照れると言ったほうがいい。今更だが、敦にそうされることに、心臓がバクバク躍っている。

敦が笑っている。赤くなったまま何も言えなくて、黙って見つめ返した。

「俺の気持ちを言葉にすると…」

敦が近づいてきて、両肩を柔らかく手で包まれた。

「〝最近甘えてくれなくて、寂しいなー〟なんだけど」

「敦…」

ゆっくり抱きこまれて、抵抗できないまま額に接吻けられる。

「偉い神様になってもいいから、俺にはもっと我儘でいてくれ」

前はキスとかねだってくれたのに…と敦にちょっと拗《す》ねたように言われて、こんな風に抱き合うこと自体が随分久しぶりなことに気付いた。

敦に嫌われるんじゃないかと気を回し過ぎて、いつの間にか擦り寄りたい気持ちを抑えてしまっていた。

本当はずっとこうしたかった。

「うん……」

すき…と首筋に顔を埋める。敦の腕が強く抱きしめてきて、嬉しくて笑いながらじゃれた。

「敦…苦しい…」

「珀晶…」

「……んっ」

ふざけあってくすぐるようなキスをしていたのに、閉じ込めていた飢えを解放するように、しだいに熱っぽい接吻けに変わる。掠れた敦の声が、抑えきれないように漏れて耳介《じかい》を嬲った。

熱を持った身体で抱き込まれ、押し倒されるようにふたりで転がる。

隣ではパチパチと薪《まき》が火の粉を舞い上げ、暖かい空気が流れていく。

「あ…つ、し……っ…」

逸《はや》る呼吸が肌を煽る。首筋からみぞおちをなぞるように唇が這い、襟をはだけられた胸もとに、濡れた舌先が触れた。

「…ぁ…っ…！」

ビクンと腰に電流が走って、背がたわむ。

粒を咥《くわ》えた唇が強く吸い上げ、舌先で扱いて快感を広げていく。夢中で求める息遣いに、身体が反応して鼓動を昂らせた。

「…あ……っ、んっ…ん」

敦が身体中で求めてくれている。珀晶はその身体を包むように腕を回した。

敦の愛情を探して肌に触れていた時とは違う。

敦が愛おしかった。敦のすべてを包み込める自分になりたい。

愛されるだけじゃない、愛したい…。

「敦…」

抱きしめる背中は、自分よりずっと厚くて大きい。顔を上げた敦と、唇を求めあうように深く接吻けた。

「珀晶……」

愛している……低い囁きが、身体の芯《しん》を熱くした。腹の奥のほうが熱く疼いて、腰を蠢かせると敦が察したように手を伸ばしてくる。

「……や………ん……っ……」

とろりと先端からあふれた体液を、敦の指が絡めて何度も擦り上げる。震えが来るほどの気持ちよさに、身を捩って喘いだ。

「ぁ……や……もう……触らないで……っ……」

弾けてしまう寸前まで追い上げられて、無意識に腰を擦り付ける。硬い敦の半身に触れると、そこも熟れたように熱くて、限界まで張り詰めていた。

「敦……」

「……慣らさないと……」

「……大丈夫……っ……」

互いの熱い息が頬にかかる。敦が激しい猛《たけ》りを抑えて、自分の身体を開こうとしてくれているのがわかった。そんなことをしなくていい。脈打つ楔《くさび》を肌で感じただけで、とっくに身体の中は蕩けている。

言葉でそれを示せなくて、誘うように太股を擦り寄せた。

「本当にいいのか？」

「うん……っ」

脚を開かされるのを見るのはやっぱり恥ずかしくて、頬が上気するのが自分でもわかる。ぎゅっと目を瞑ったまま、中に挿《はい》ろうとする敦の動きに耐えた。

「！　…んっ………ぁっ」

熱い塊が襞を掻き分けて身体の中を埋めていく。身体がぴったりと重なって、腹に挟まれたものが擦れ、身体の内側からも外側からも快感で満たされて、嬌声が喉を突く。

「——あぁっ」

「珀晶……痛くないか」

ふるふると首を振った。漏れる声は言葉にならない。

代わりに背中に回した腕で強く抱きしめた。敦はそれに耐えられないように、快楽の吐息を漏らす。

「……ん……ん、ぁっ…！」

灼熱《しゃくねつ》の肉塊が、今にも弾けそうに内で動く。抉られるような快感が腰全体を痺れさせ、擦れ合う肌がもどかしいほどの喜悦を生む。

満たされて、溢れていく快感。心も身体もぐちゃぐちゃになりそうなほど求めあっている。

「あ…敦……っ、ぁあ、あ、あっ！」

何も考えられない。

迫り上がる感情のように、重なる身体が激しく動いた。接吻けたまま舌を絡ませ、真っ白になっていく感覚に任せる。

「——！」

ふたりとも痙攣《けいれん》したように絶頂に達した。

幸せだ……。愛していると言えることも、愛情を確認しながら抱き合えることも…。

言葉が要らないほど満ち足りていて、薪の揺らめく炎に照らされながら、ずっと夜が更けるまでそうしていた。

◆　◆　◆

十月も終わりに近づいた頃、しとしとと続く長雨の中に、渦を巻くような気配を感じて、珀晶は総毛だった。

「…？　どうした？」

「…ううん、なんでもない」

さすがにこの天気では下山ができず、ここ数日敦はテントの中でずっと論文をまとめる作業をしている。珀晶は曖昧に濁したものの、ただならぬ力が押し寄せてくる感覚に眉を顰めた。

「……」

ちらりと敦の背中を見た。敦はパソコンに向かって仕事に没頭している。

……このまま黙っていられるだろうか。

山の不快表明は結局消えることはなかった。何度も意を交わし、敦の存在を認めてもらおうと粘って、山はしぶしぶ唸りを潜めたが、納得してくれているわけではない。爆発させないだけで、溜まっていく不快感は、微弱電流のように山から周囲へ伝わっていってしまう。

この気配は、その唸りに反応してきた〝何か〟だ。

「……」

近づいて来るとてつもない強い気配。この〝気〟は、空に属する神々のものだ、恐らく雷神か風神の…。

彼らは耳障りな山の唸りに反応しているのだ。きっと近づいて雷か雨で山肌を砕いてしまうだろう。彼らは自分たち水神のように土に属さず空に住むから、風に乗って気ままに現れたり通り過ぎたりする。……山より大変な相手だ。頼み込むくらいでは引いてくれないだろう。この山を守りたいなら、力ずくの戦いになる。

外の雨がひどくなった。叩きつける雨粒が激しい音を立て、横殴りの風に、木々は折れそうなほど軋む。

「……おかしいな。台風の予報は出ていないんだが」

「敦……」

人間は風雨の様子を空から絵に映すことができる。敦が雨雲の動きを示す画面を出しながらつぶやいていた。人間には、気圧の変化にしか見えない。気紛れな雷神の出没も、計測システムで数字には出せるが、理由は数値化できないだろう。

黙っていることは無理だ……。

「…珀晶？　どうした？」

「敦、あの……」

振り向いた敦と向かい合わせるように膝をついた。敦の腕に触れて話す。

「聞いて…」

「？」

「これから外に出るけれど、敦は絶対ここから出ないで」

「珀晶……」

真剣に頼んだ。敦のことは守ってみせる。山も、敦も、自分がここに住む水神である以上、この山に住む全てを守るのが自分の役目だ。

「山は、本当は敦がここに住むことを、許していないの」

敦は驚かなかった。やはり敦も何か感じていたのかもしれない。

「山の唸りが雷神や風神に届いてしまって…。もうすぐ彼らが雨雲を操ってここに来てしまう。たぶん不快な唸りを雷で打ち砕いてしまうと思う」

全力での戦いになる。力の加減などできない。多分、水神としての力を全て開放するしかないだろう。山にも頼みごとなど甘いことも言えない。力で捩じ伏せて黙らせてしまう。

……そんな力を使ったら、もう人間たちと同じような感情に戻れないかもしれない。

「必ず食い止めるから、敦は雨が治まったらすぐ山を下りて」

「珀晶」

敦の手を握った。温かくて大きくて、泣きたくなるほど懐かしくて恋しい手。

この手を取り合うことが、もしかしたらもうできなくなるかもしれないから、もう二度とこうして話すことは適《かな》わなくなるかもしれないから、ちゃんと伝えておきたい。

「どんな姿になっても、愛しているから…」

忘れないで……。ずっと憶えていて欲しいから、珀晶は笑顔を向けてテントを出た。

「珀晶！」

「そこから出ないで！」

敦が出てこられないように、枯れかけた葛の葉を無理に伸ばして出口を塞いだ。外は荒れ狂う嵐で、こんな状態に人間を外に出したら、吹き飛ばされてしまう。

叩きつける雨を受け、空を見上げた。

竜巻のように黒い影を纏って、雷神が近づいてくる。逆まく風に、自分の髪も衣も舞い上がった。

だがあらん限りの力で踏み止まる。

…絶対に負けない。

ゴオオ、と竜巻が不気味な轟音を響かせて、辺りの木がなぎ倒された。近づく風神に抵抗するために、珀晶は力を放つ。

山に、大地に張り巡らせた血流のような水脈の力。大地から気を吸い上げ、泉の水を、水柱のように空に突き上げた。

大地から天へ昇る龍のように、その姿は風神の竜巻の前に立ちはだかる。

「来ないで……」

空を統べる神たちが、あたりに響くようにその声に応えた。

『乱《ろう》がわしい……』

「――――っ！」

四方の山々にどん、と響くほどの雷《いかずち》が撃たれ、珀晶は目を見開いて岩肌に叩きつけられた。

空の神々は比較にならないほど強大だ。たかが水神ごとき自分の力など、比べものにならない。

でも負けるわけにはいかない。ここには敦がいるのだ。

「……っ、…」

よろよろと岩壁に手をついて立ち上がった。吹き荒れる雨風が身体を叩く。叫んでも届かないかもしれない相手に、空に向かって声をあげる。

「ここは私の住む山です、立ち去っていただきたい！」

叫びながら心の中で呼び掛ける。山よ、お前も鎮まらなければならない……。

鳴りを鎮めるのだ。でないと雷でその身体を打ち砕かれることになる。

「止めて……っ！」

バキバキと激しい音を立てて、落ちた雷が木々を真っ二つに裂く。投げつけられる怒りを水柱で受け止めるが、泉の水量などではまるで足りない。

力がどんどん増幅していく。山の気を総動員させて水脈を逆流させた。

血が昇るように身体が熱くなる。水脈を集め、空に高く掲げ、龍のようにうねる水柱は、しだいに大きくなっていく。

雨が叩きつけるならそれを飲み込み、風が逆まくならより一層対抗して巨大に、水神としての力で風雨に立ち向かった。

「……っ…くっ」

空に浮かんだ巨大な風神の姿を、腕で雨を避けながら目を眇めて見上げる。

負けるもんか……。

相手が姿を現したのは、それだけ自分の力が拮抗したからだ。

もう山は唸りを上げていない。その水脈を引き上げさせるとき、既に力で抑え込んでしまった。

従属させることに罪悪感を感じている場合ではないのだ。相手に遠慮をしていたら、山ごと雷神に壊されてしまう。

ただ優しいだけでは駄目なのだ。大切なものを守るためには、心が痛むような決断をしなければいけないこともある。だが痛みを引き受けるのも強さだ。山にどう思われようと、山を守るためには、力ずくでも言うことを聞かせなければならない。

強くならなければいけないのだ。それだけの責任が自分にはある。

「……っ」

珀晶は自身の力の限りを尽くして、雷神を押し返した。だが、風雨が一緒になった力はびくともせず、押し寄せる風神の力に、倒れてしまいそうだ。苦痛で顔が歪んでいく。

「止めて……」

この山を壊さないで……。

ここには大事な人がいるんです。どうしてもその命を守りたいんです。

お願いだから、この場所を守らせて……。

水龍は竜巻の力に圧《お》され、形を崩しかけている。何度も雨雲から轟く稲妻に、のたうつように宙で水飛沫が飛び散った。

嫌だ……敦を死なせたくない……。

珀晶は喉が裂けそうなほど、力の限りに叫んだ。

「止めて！　愛している人がいるんです！　ここを壊さないで！」

止めて…悲鳴のような叫びが辺りに響いた。

周囲が真っ暗になった。最後に遠くの空まで浮かび上がらせるほど強い稲妻が轟《とどろ》き、それに巻きつくように巨大な龍が天へ駆け上がった。

閃光《せんこう》が空いっぱいに広がる龍の姿を浮かび上がらせ、ドォン、と空全体に鈍く雷の音が響く。

激しい雷雨が一瞬で止んだ。

空の上で、巨大な雷神の足が、風に乗って西の方へ去っていくのが視える。それと同時に珀晶は岩棚に倒れた。雷神は、攻撃を止めてくれたのだ。

力を使い果たして意識が遠のいていく。

何も考えられなかった。山がどうなったのかも、敦が無事だったのかどうかも解らない。ただ薄れていく意識の中で、自分が眠りにつくことだけは解った。

次に覚醒めたとき、敦が生きている時間に間に合うだろうか…。

間に合いたい…急ぎたい……欠片《かけら》のように意識が散じていくなかで、珀晶はそれだけを思った。

◆

◆

◆

バリバリと凄《すさ》まじい音が鳴り続け、テントの外は何回も閃光で明るくなった。鏑矢はびっしりと覆った蔦を掻き分けようとしたが、それが珀晶の意志だとわかるから、あえて手を止めた。

珀晶が何かと闘っている。彼は今、自分にしかできない、水神としての戦いをしているのだ。

山が怒っている…守野の言った言葉は、やはり間違ってはいなかった。山の歪みは自分の存在が引き起こしたこと……。そう思うと申し訳ない気持ちになったが、珀晶を止めることは、また違う気がした。

ここは彼が治める山だ。彼は水神としての務めを果たそうとしている。それは、人間の自分がしゃしゃり出ることではない。

「……」

人間の自分にできることはない。こんな時に悔しいと思うのはそのことだけだ。今、自分ができることと言ったら、せいぜい邪魔にならないように、ここにこうしてじっとしていることしかない。

無力さに打ちひしがれたりなどしない。そんな葛藤《かっとう》はとっくに乗り越えている。

自分にできないことがあるからと言って、そのことを嘆いてばかりいると、本当に大事なものが視えなくなってしまう。珀晶は人間の自分に、助けてもらいたいなどとは望んでいないのだ。自分がなんの力にもなってやれないからと言って、それが愛情を妨げるものではない。

それでも、今、万が一にでも珀晶が負けてしまったら…山を治めきるには若すぎて生まれてしまった神に、若干の不安は残る。

待つしかない…腹をくくって鏑矢はじっとテントの中に座った。

耳を劈《つんざ》くような雷鳴のあと、雨が唐突に止んだ。

奇妙な静けさに、テントから出る。

「……」

辺りは惨状だった。美しい白い岩棚には、無残に折れた枝や、千切れた葉、崩れた岩のかけらが点在し、風雨の爪跡を残している。泉の水は、底に沈んだ大石が見えてしまうほど水位を下げていた。

鏑矢は珀晶の姿を探して歩き回り、洞窟の入り口近くに倒れているのを見つけた。

「珀晶！」

駆け寄って抱き上げたが、かろうじてヒトの姿をしているだけで、息はない。

「……珀晶」

青白い肌が、雲の切れた空から覗く月に照らされる。

神も、力尽きて命を失うことがあるんだろうか……。

誰に聞けばわかるだろう。珀晶は、どうしてやればいいんだろう。

嵐の中で待ち続けた時には耐えられたのに、今は自分の無力さが苦しくてならない。

こんな姿の珀晶に、何もしてやれることがない。どうすればいいのかも解らない…。

自分が人間だから、自然界の異端者だから、彼らの世界のルールが解らない。

「教えてくれ、どうすればいいんだ…」

誰かが答えてくれるとは考えないまま、思わず言葉が出た。

助けたい。自分のほんのわずかな寿命とでもいい、引き換えにできるものがあるなら、なんでも差し出す。だから、珀晶を助けて欲しい。

祈るしかなかった。鼓動のしない珀晶を抱きしめたまま、誰に訴えていいかわからない願いを虚空にぶつける。

助けてくれ……。

叫びだしそうな想いを抱えて祈り続けたとき、ふいに何かが身体の中を駆け抜けた。

ピンと張りつめた空気の中で、それは本当に言葉にもならないような感覚だった。

珀晶を泉に沈めなければならない……感じ取ることができるのに、誰が、どうやってそんな指示をしているのかが解らなかった。

だがそれは、まるで酸素が肺から血液に辿り着くように、身体の中に直接伝わってくる。

鏑矢は白い衣を纏った珀晶を、水位の低くなった泉へ降りてそっと沈めた。

あれだけ激しい雨の中で、泉に残った水は、まるで濾過されたように透き通って冷たい。

底にいくつも沈んでいる大岩に守られるように、珀晶の身体は水の中で静かに横たわっている。たゆたうように白銀の髪が靡《なび》いた。

鏑矢は岸辺に座った。身体の中を通る、よくわからない存在に、ある種の賭《か》けのように語りかける。

「なあ、俺がここに居るのはそんなに気に入らないか？」

どんよりとした、沈黙にも似た気配がする。鏑矢は自分の勘が当たったことを確信した。

自分は山と意を交わしたのだ。

山にとって、水神は山を守り治める大事な神様だ。共に欠くことのできない存在なはず。

その珀晶が倒れたのだ。泉まで運ばなければ水神は回復できない。それができるのは手足のある人間である自分しかいないから、山は自分の呼びかけに応じたのだろう。

人間だったことを、初めて感謝した。同時に、自分の培ってきた知識を大急ぎで掻き集める。

……人間と自然の知恵比べは、大昔からの常套《じょうとう》手段だ。

「確かに俺は人間だから、気に障るのはわかる。だが、この水神は、予定よりもずっと早くに覚醒めた、まだまだ未熟な若い神様だ」

雨雲が足早に去った夜空は、嘘のように煌々《こうこう》と月があたりを照らし始める。

「山を治めるにも助けが要る。そうじゃないか？」

山の気配は沈黙しているが、聞いていないわけではない。鏑矢はまるで隣に居るかのように語りかけた。人間が他の動物よりずっと繁殖しているのは、ひとつにこの小知恵の回るところによるものもあるだろう。

古来から、神族はその力が巨大であるがゆえに、自然から離れることをせず、純粋で、おおらかなままで、そのせいで逆に人間より弱かったりする。

人間の方がずるくて強いのだ。寿命も短く、生きるのに細々と工夫をしないといけないから、ときに自然や神を相手に、取引をすることがある。

羽衣を隠されて、空を飛べなくされた天女や、さらって来た子供を取り返されてしまった鬼、民話や神話に出てくる異形の者たちも皆そうだ。たいてい人間のほうが一枚上手で、純朴な彼らは人間の取引に引っ掛かってしまう。

別に騙すつもりはない。これは正当な取引だ。山にもメリットがあるなら、もしかすると応じてくれるかもしれない……。

「珀晶が一人前の神様になるまで、俺が手助けをするよ。その代わりお前は今みたいに、俺を好きに動かせばいいじゃないか」

そうしたら、山の補修も、里人に意図を伝えることも、ずっとしやすくなるだろう？　そう語りかけると、身体を通り抜けていく感覚はしばらくして消えた。

「……」

――駄目だったか？

どのみち珀晶はそう簡単に覚醒めはしない。泉の淵に胡坐をかいて座り、敦は静かに待ち続けた。

月がぽっかりと低い泉に浮かんで揺れる。鏑矢は、確かに現実の世界にいるはずなのに、いつの間にか境目を失っていた。

◆　◆　◆

――ここはどこだ……。

目を閉じたつもりはなかった。だが、いつの間にか視界は真っ暗になっている。水面に映る月もなく、微風に靡く木々の音も聞こえない。

――俺は、死んだのか？

唐突にそんな考えが浮かぶ。上下も判別ができないほど真っ暗だ。目を凝らしても泉の淵に座した己の手足すら見えない。

指一本動かせず、静寂ではなく音が聞こえない。

無音という状態を経験したことがなかった。自分の鼓動すら確認できないことが、これほど不気味なことだとは思ってもみなかった。動くもの、時間の経過を確認できるものを求めて、パニックになりそうになる。

――これは、意識だけの世界なのかもしれない……。鏑矢は恐怖に支配されそうになるのを、思考することで懸命に抑えた。やみくもに焦るのは、ちょうど水に溺れた人間が手足をばたつかせてしまうのに似ている。落ち着けばなんでもないことなのに、理性より恐怖感が先走って、判断ができなくなるのだ。

……夜の海とか、宇宙空間に放り出されたら、こんな感じなのかもしれない。闇が途方もなく続いていて、どこまで行けば終わるのかとか、いつまでという区切りがない。

恐怖に負けるな……。

声も出ないし、呼吸をする喉や肺も感覚がなかった。自分の体感を確認しようがなくて、鏑矢は意識の中だけで歌を歌うことを思いついた。

測る起点がないなら、自分で単位を作ればいい。

珀晶にせがまれて、昔照れながら歌った歌を思い出す。たわいない童謡が、何もない空間に音という存在を生み出した。

ノスタルジックなその旋律を何度も何度も繰り返すと、一曲終わるごとに自分の中で時間単位の区切りがついてくる。単純に秒数をカウントするより、はるかに精神的な安定感が出るやり方だ。

この方法はうまくいったらしく、襲ってくる恐怖感を冷静に捉えることができ始めている。

……いいぞ。その調子だ。

自分で歌っているはずなのに、追いかけて歌う珀晶の澄んだ声が重なって響く。記憶の中の柔らかな声音が、心の中を満たしていった。

音は聞こえていない。だが意識の中で再生された音律は豊かに周囲に響き渡る。敦はそのまま珀晶と過ごした山での景色を思い浮かべた。

黄金に輝く銀杏の葉、空一面にたなびく雲と、まばゆく照り返る夕焼け…、夏の日差し、春の淡い夜明け。

鮮やかな世界で彩られ、闇だったはずの周囲は思うままに姿を変えた。

やはり目で見ている世界ではないのだ。撮影された映像を再現するように入れ換わる景色を〝視〟ながら、敦はいつの間にか平静な思考を取り戻していた。

意識が自在にコントロールできることで、むしろ肉体の心配をしなくなる。敦はゆっくりその他の気配に意識を研ぎ澄ませた。

自分の記憶から再現させた景色が消え、やはり真っ暗になるが、もう怖くはない。やがて、これは先ほど山が自分の中を通ったように、自分が山の意の中に入ったのではないかと見当をつけた。

命というものがどんな形をしているのか、自分は知らない。だが、この闇自体が生きているような気がするのだ。

水の流れるような気配がする。細いそれは、山の中に張り巡らされた水脈のように無数の流れを作っていた。

どこからともない、生き物の気配。山の土中にも、地表にも生物がびっしりと寄生している。

水脈に伸ばされる木々の根が、まるで上から降りてくる毛細血管のように感じられた。

たぶん、本当に山の意に潜ったのだ。そう意識すると、あれほど何も見えず、何も感じられなかったのに、色々なものが解るようになっていく。

豪雨の後だというのに、山肌は水を引き受けていない。水は地表を撫でて落下し、山の中の水脈は弱く細いままだ。

珀晶の力が弱まっているからか……。

地表は激しい流水で土ごと剝がれ、草木や小さな生き物が流れて、生命力をこそげ取られていった。山自体と同じ感覚になった今はよくわかる。水脈を制御する者がいないと、山は自分に頼って生きる者たちを護れない。だから、余計な生き物を養わなくてよいように、神の眠る山は、岩だらけなのだ。植物の寄生を拒み、生き物をなるだけ寄せ付けず、その力はひたすら神の眠りを守ることに向けられていたのだ。

山が気を乱されることに、ことのほか不快感を示したのも、理由のないことではないとわかった。彼は自ら動くことのない命だから、あれこれ選別して寄生を許すことはできない。生き物の影響を最小限にしようと思ったら、最初から山への侵入を拒むしかない。人間のように、勝手に出入りするものを許すと、コントロールはとてもしづらいのだ。彼は、彼に課せられたルールを守ったに過ぎない。

今、その水脈を保つ珀晶の力が弱まったことで、活気づいていた山が蝕まれ始めている。抵抗力の落ちたものにカビが生えたりするのと一緒だ。珀晶という支配者の抑えを失って、力の弱まった山は、小者がたかって来ても追い払えなくなっている。

その感覚に鏑矢も気分が悪くなりそうだ。

山は一刻も早い水神の回復を願っている。鏑矢は意識で強く協力を申し出た。

自分を意の中に取り込んだのなら、何か自分の使い道があるはずなのだ。そしてそれは珀晶の回復につながるはず…。

――教えてくれ、俺は何をすればいい。

山自身の中に入っているせいなのか、先ほどよりもずっと意は伝わりやすかった。上下がないはずなのに、感覚で上とみなされる方向を視ると、丸く透ける天井がある。

あれは、山頂にある泉だ。自分は、泉を山の底のほうから見上げているのだ。

面白い、と純粋にそう思う。意識だけの問題なのに、だんだんそこに肉体があるかのように、見えたり感覚があったりするのだ。ちょうど、身体は眠っているのに、夢を見ているときはリアリティがあるのに似ている。肉体はなんの刺激も受けていないのに、脳の中で再現される夢には、ちゃんと痛覚や食感もあったりするのだから、我々が現実だと感じる感覚は、かなり適当な認識なのかもしれない。

上に昇ろうとすると、意識は位置を浮上させる。まるで肉体と変わらずに敦は泉の底ギリギリの場所に行った。

水の中で揺らめいている珀晶がいる。

水をたたえた天井は薄明るい水色で、底のほうから手で触れても、半透明な磨《す》りガラスみたいに隔てられたまま、水の中にまでは手が伸びない。

珀晶は眠ったままだ。山が珀晶の眠りを守ろうとしているのは、彼の意で解る。そして鏑矢は、足元のほうから押し寄せてくる濁流のような感覚に気付いた。

「……？」

迫ってくる水脈。これは珀晶のものではない。異質な感覚に山は拒みたがっている。逆流しないはずの水脈が昇ってきて、泉の周りを取り囲もうとしていた。鏑矢はとっさに珀晶を庇う。

山の意図が理解できた。彼は、自分を〝襲〟にするつもりなのだ。

もともと意識の上だけのことなので、そう解ると姿は本当に薄い膜に変わる。敦は自分で可能な範囲まで膜を伸ばして泉を覆い、伸びて来る水脈を遮った。

自在に形態を変えながら、その水脈が他山のものであることを識る。

……黒龍？

押し寄せてくる気配は、珀晶のものと少し似ていた。はっきりした根拠はないのだが、それはいつか珀晶が指差した、隣接する水脈ではないだろうか。

雨神のもたらした豪雨は、黒龍の治める山々にも被害を及ぼしたのだ。全てを山が吸収するには水量が多すぎ、かといって川に押し流せば山林も無傷では済まない。

ここは今珀晶が治めることのできない場所だ。無神の山を支配下に置いてしまえば、水量の調節はもっと効率が良くなる。不可侵であるのは、神が居る時だけで、珀晶が衰弱した今は、無神とみなされたのかもしれない。

それはさせられない…。珀晶を取り込もうと伸びて来る水脈を膜で拒む。徐々に上がってくる水圧は、まるで強く背中を押されているようで、呼吸などしていないはずなのに、息苦しい。

――ここは珀晶の治める場所だぞ。

呼びかけたが、山ほど意は交わせなかった。水脈が神の手足のようなものだとは解るが、彼と意を交わすのは無理なのだということも理解できた。

この神はもう、周りのことなど視ていない。山のことも、意を交わすのではなく、抑えられるかどうかを力でしか推し測っていないのだ。

「……」

長い長い時間、神はそうして治水の要《かなめ》となり続ける。生まれたばかりの頃は、もっと喜んだり悲しんだりしたかもしれない。だが気の遠くなるような年月を経て、彼にはもうそんな感情は残っていないのだ。

ひとつの機能としてそこに在る。水量が増えれば押し流し、水が減れば水脈を弱める。休むことのない脳の中枢のように、全ての感情を忘れてしまう。それは神として正しい姿なのかもしれない。

珀晶が恐れていた変化というのは、もしかしたらこんな姿になることだったのだろうか。

背中を圧迫する感覚は時間を追うごとに強くなる。その中には、押し流されて潰れていく生き物の断末魔のような叫びや、山自身の歪みもあった。

これらの感情をずっと受け取っていたら、おかしくなってしまうだろう。心を閉ざし、伝わってくる悲鳴に耳を塞がなければ、とても正気は保てそうにない。

鏑矢は苦痛に顔を歪めた。この状態にはいつまで…という終わりが示されていない。

珀晶の誕生のように、数百年かかるかもしれないのだ。人間だったらとっくに気が狂う。

自分も心が失せてしまうだろうか。この悲鳴から逃れるために、この、力だけのやりとりに心が枯れてしまうだろうか……。

――珀晶……。

それでも、珀晶の命と引き換えなら……。鏑矢はあるはずのない目で珀晶の眠る泉を見た。

氷砂糖のような白くぼんやり透ける泉の底から、珀晶の姿が見える。

揺らめく水の中で珀晶の虹色の瞳が開いていた。

「……？」

――珀晶！

水に揺れる銀の髪をなびかせ、珀晶の瞳がゆっくりとこちらを見る。

柔らかく、赤ん坊のように無邪気な微笑。珀晶はまだ生まれたばかりの嬰児のように曖昧な笑みを向けていた。

見えていないのかもしれない。それとももしかしたら、こちら側のことは解らないのかもしれなかった。それでも、敦は幸福感で胸がいっぱいになった。

珀晶は生きているのだ。

不思議な感じだった。珀晶が目を開けただけで、背中に押し寄せてくる圧迫感が和らいでいる気がする。

感覚としては少しも量が減った感じはしないのだが、珀晶の微笑む顔を見ただけで、自分が励まされたような気がしたのだ。

珀晶を守る。目的がはっきりしただけで、同じことなのに、受ける苦痛は半減した。

誰かの言った言葉が、脳裏に蘇る。「愛するということは、喜びを倍にし、分かち合い、苦痛を半減させること」なのだという。

ただそこに居てくれるだけで幸せだ。

「愛ってすごいな…」

話しかけても聞こえないだろうと思ったが、鏑矢は思わず磨りガラス越しのような珀晶にそう言った。

水の中で、珀晶の姿は生まれる前のように小さくなったり、大人の姿になったり、安定しないまま変形し続けている。でも、ずっと目を醒ましたままだ。鏑矢は、だんだん珀晶がこちらを見ていることに気付いた。

赤ん坊と少年を行ったり来たりする姿のまま、ガラス越しに見つめ合う。

……珀晶は、自分を理解するだろうか。

今、自分でも自分自身がどんな姿をしているかわからない。多分、襲だと意識したから襲に見えるんじゃないかと思う。だが、珀晶は子供の姿のまま少しずつ自由に動き始め、水底に手を触れてこちらを覗こうとしていた。

――珀晶……わかるか？　俺だよ。

小さな手が探すように磨りガラスのような底に何度も触れた。

最初に手を引いて歩いた時の、あの小さな手だ。敦は胸の中が熱くなって、その手を取りたいと心から願った。

ガラス越しでもいい、珀晶に自分が待っていることを伝えたい。

意識で自分の身体を思い浮かべ、それがちゃんと形になることに気付いた。珀晶の手が触れた場所に手を向かい合わせる。

『……？』

ガラスの向こうの珀晶が不思議そうな顔をしていた。わかるだろうか。自分のことを思いだせるだろうか……。小さな手は楽しそうに底を叩いて手に触れようとする。敦はそれにつられて笑った。笑った自分に驚いている。

背後からは生身だったらとっくに死んでいそうなほど圧迫されていて、自分の本体がどこにあるかもわからない。こんな状況なのに、なんて幸せなんだろう。

――早く元に戻っておいで……。

それまでちゃんとお前を守ってやるから。

自分の笑った顔はちゃんと見えているらしく、水中の珀晶は嬉しそうに頬を寄せてきた。温度も肌の柔らかさもわからないけれど、幸福感だけは伝わってくる。

どんな長い時間も耐えられる気がした。骨が軋むような痛みも、実際に肉体があるわけではないから、それで死ぬことはない。きっとひとりだったら死ぬより辛い苦痛だろう。だが、水の中でゆっくりと姿を取り戻していく珀晶に、苦しい顔は見せられない。

時間経過の感覚はなかった。だが、ある時から珀晶は急に変化の速度を速めた。

早送りの映像を見ているような感じだ。珀晶は子供の姿から、一緒に過ごした時間を辿り直すように大人の姿に戻っていく。

無心な微笑みから、柔らかな笑みに、やがて気遣うような視線に変わって、すっかり元の姿になった珀晶が、すらりとした腕を伸ばしてきた。

泣きそうな顔をしている。珀晶は戻りながらこちらの状況がわかり始めたのだ。

ガラス越しの珀晶の手が重ねられる。まだ回復したばかりの珀晶が、押し寄せてくる他山の水脈を押し返している。

当たり前のことなのに、神様ってすごいな、などと呑気《のんき》なことを考えた。

自分は遮るのだけでも手いっぱいだったのに、珀晶が覚醒めただけで、細く途切れかけていた水脈が勢いを増し、黒龍はそれでなんの躊躇いもなく力を引いた。

珀晶の力が満ち、山の意の中に隅々まで広がっていく。

山の中が脈打ち始め、生気を取り戻した山は、邪気を駆逐する。みるみる山の気が調和を取り戻すのがわかった。

……山に神が座すというのは、こういうことなのだ。

あれほどの圧迫が、潮が引くように消え、もう珀晶を守る襲は必要なくなったのか、自分がすっと泉の底から離れていくのがわかった。水底では珀晶が追いかけようとするかのように、腕を伸ばしている。

子供の時と変わらない様子に、山の意に溶け込んだまま鏑矢は笑った。

別離ではないんだよ。大丈夫だ。

――そうだろう？

最後は山に問いかけた。相変わらず彼は人語では返してくれなかった。

◆

◆

◆

数日間だった気もするし、ほんのわずかな間だったような気もする。だが鏑矢が目を開けた時、眼前の泉は水位を取り戻して満面の水を湛え、木々や落ちた葉で荒れ果てていた山頂は、風に清められて、すっかり元の美しさを取り戻していた。

青い水面は透き通って、白い水底が見渡せる。

鏑矢はゆっくりと膝に置いていた手を上げてみた。

「……」

感触はある。確かに自分の肉体だ。元に戻れたのだと思って立ち上がり、その身体の軽さに驚いた。

手足の感覚も、感じる風や匂いも何も変わっていないのに、自分が変わったことはちゃんと解る。

「……これが昇仙《しょうせん》ってやつか」

軽くなった身体に、山の意が通り抜ける。人間の言葉にはならないが、山の意図はちゃんと伝わった。

まだ若い水神を護るのが、昇仙を許された理由だ。

「……ありがとう」

この身体はもう人間ではない。見た目は珀晶同様、人間と変わらないが、この姿はもう永遠に年を取らない。鏑矢は泉の淵で、ゆっくりと水面に浮かび上がってきた珀晶の身体を抱き上げた。

手足を浸す水は冷たいのに、珀晶の身体は不思議とほんのり温かかった。

抱き上げると珀晶が目を開ける。

「……敦」

水中と違って、外に出た身体はまだ弱々しいが、穏やかに微笑んでいた。

「テントでゆっくり休めばいい」

抱きしめたまま、唇を重ねた。

誰に感謝していいかわからない。見えない存在に祈りたくなるのは、こんな時かもしれない。

心から感謝を捧げたい。彼をこの世界に戻してくれたことに、彼と生きる時間をくれたことに……。

「…敦……ん……」

唇を離して、鏑矢は笑いながら囁いた。

「とてもいい知らせなんだ」

「…？」

「俺はどうやら仙人になったらしい……」

でも、大学へは行くけどね…と笑って続けると、珀晶が目を丸くして驚いている。

「ずっと一緒だ。珀晶がここに居る限り、俺はこの山の仙人でいられる約束さ」

「…そんなこと……誰と」

「約束か？　……山とさ」

「……」

絶句したままの珀晶を抱きしめて、ベッドに転がった。

人の社会からは、いつか取り残されていくかもしれない。親も教え子たちも、関わっていく人たちすべてと、これから異なる時間を生きることになる。

それでも、これ以上の幸せは無い。

「ずっと一緒に生きていこう……最初に約束したように」

「敦……」

……愛している……。

何度も、まるで今初めて確かめ合うかのように囁き合った。

山は静かにそれを見守っていてくれた。

◆　◆　◆

「先生！」

「おう、なんだ、来てたのか」

大学からの帰り道、駅を降りてバイクにキーを挿すと、高橋の弾んだ声がして鏑矢は顔を上げた。

初田も、当然のように後ろに居る。

「誉田先生が、代わりに説明しといてくれって言うから…」

「…？」

一緒に居るのは取材記者と思《おぼ》しき女性だ。隣には撮影道具一式をカートに括ったカメラマンが居るから、なんとなくわかる。

またあの教授は何を言い出したのだろう。困惑していると高橋がごにょごにょと耳打ちした。

「珀晶のこと、また伝説作っちゃったの……」

「誉田先生がか？」

違うの、と高橋は少し困ったような顔をした。でも、声が嬉しそうだ。

「小川のところに会いに来てくれたじゃないですか。その時、人が来たからって言ってたでしょう？あれ、嘘かと思ってたら本当で、目撃証言が出ちゃったんですよ」

珀晶のあれは、立ち去る口実だったはずなのだが、本当に人が居たのだ。高橋がちょっと照れくさそうに頬を染める。

「……それで……あの小川で龍神の姿を見れたふたりは結婚できる、って話になっちゃって」

「……」

デレデレと笑う高橋に、鏑矢は呆れて口を開きかけたままだ。

「何が伝説だ。お前たちの話じゃないか……」

「だって……」

その他にも、空に龍が浮かぶのをふたりで見てプロポーズに至ったカップルがいるとかで、取材記者はもうすっかりその気で、カメラマンに撮影の指示を出している。

やがて鏑矢は苦笑した。高橋の左手薬指には、細いリングが嵌まっている。嬉しくて仕方がない様子の高橋に、祝福する気持ちしか起きない。

「……よかったな」

「えへへ」

水神が取り持った縁というのも、あながち間違いではないだろう。それに、高橋たちの出来事は伝説に色を添えるだけで、既に村には縁結びのご利益に与《あずか》ろうという観光客が途絶えなくなっている。

いっそそのほうが珀晶も出歩きやすいのではないかとさえ思った。気紛れに里に降りても、ひと目に触れてしまっても、ご利益だと思われるなら、村には有益で、有り難がられる。

「ねえ先生、珀晶にお礼ってできるかしら」

「…会いたいのか?」

高橋はこくりと頷く。

「この間はびっくりしちゃって、何も話せなかったし」

初田は、あの後高橋にこんこんと説教をしたのだという。珀晶の気持ちが解らないのか、と普段おとなしい初田に怒られて覚醒めたらしい。

「まあ、ついでに愛にも覚醒めたっていうか」

「……逆プロポーズされちゃって」

初田がなんとも言えない顔で補足する。鏑矢は笑ってふたりに再会させる約束をした。

帰ったら珀晶に報告してやろう。お前の〝くるみちゃん〟はちゃんと戻ってきたよ、と教えてやりたい。


ふたりを見送り、バイクで細い道を駆け抜けながら、時おりすれ違う村人に挨拶を交わす。

日常は何も変わっていない。大学にも相変わらず通い続けている。

誰も、仙人が学校に紛れ込んでいるとは思わないだろう。いずれ長い年月が経てば、姿の変わらない自分は怪しまれるだろうが、その頃には、人間社会と縁が切れても構わない。

晩秋に近づいた山は、早々と沈む陽に、黒いシルエットを浮かび上がらせている。

守野家の軒先にバイクを置かせてもらう。

「おや先生、おかえりなさい」

「ただいま。すっかり暮れるのが早くなりましたね」

「もうすぐ雪も来ますけん、先生、寒さにはお気を付けくださいよ」

守野氏は変わらずに人の良い笑みを向け、別れ際に焚き火で焼いた芋を新聞にくるんでくれた。

珀晶の分と、二人分。

「おやすみなさい」

にこにこと笑う老人に心から頭を下げ、竹林へ抜けた。

昇仙した今では、もらった芋がまだ湯気を上げているうちに頂上まで登れてしまう。

重さを感じない身体。普段今までとの違いを感じないが、こんな時だけ人間ではなくなったことを実感する。

黄金に輝く山肌が眩しくて、頂上について思わず手で陰を作ると、まるで金色の裳裾を引くように、空に珀晶の大きな姿が見えた。

「珀晶……そうか……」

旧暦で言えば、今が神無月だ……。

神々が、出雲《いずも》に集う月。

ほんのひと月……これから先の、長い長い歳月からしたら、ほんの一瞬だ。

「気をつけて行って来いよ」

珀晶が振り返る。全ての力を解放しきった珀晶は、もうしっかり神格化できている〝神様〟だ。

それでも子供の頃と変わらない、少しはにかんだような笑顔で珀晶が手を振った。

山の木々がその風にざっとなびく。

鏑矢は笑顔で見送ってから、テントに戻った。

雪が降る前に、帰ってくる珀晶を待つために……。

終

あとがき

この本を読んでいただいて、ありがとうございます。

ちっちゃな神様と鏑矢《かぶらや》のほのぼの話をたくさんするつもりだったのに、珀晶《はくしょう》があっという間に大きくなってしまいましたが（笑）いかがだったでしょうか。


春が来て、夏が来て、秋になって冬になって…人間からすると飽きないのかと思うほど淡々と同じサイクルを繰り返しながら、きっと人類が滅んで誰もいなくなっても、この美しい風景は続くんだなと考えて、たまになんともいえない気持ちになります。

神様の長い長い一生について考えて、こんなお話になりました。


書く前に参考にした山に登ったのですが、山頂を渡る風がとても強くて、きっとこんな場所にひとりでいるのは、神様でも淋しいだろうな、と思いました。

普段インドアな生活をしているので、たまに自然の中に行くと圧倒されっぱなしです。

まあ、いかに日頃運動をしていないかも痛感させられるわけですが…。

初めて殻付きのハシバミを食べたら、何故かアメリカ産だったり（山頂で買ったのに！）

胡桃の花がすごくキレイだったり、どこまでも続く山なみにびっくりしたりと、貴重な体験をさせていただきました。このお話を書かなければ、きっと山登りなんてしなかったと思うので、よいきっかけを与えていただけたと感謝しています。

琥珀はもう一人前の神様になって、充分力がついたので、山にもいろんな生き物が住めると思います。鳥とかウリ坊主とか、たくさん山頂に遊びに来て、賑やかに暮らしてるんだろうなあ、と想像して楽しんでいます。

余談になりますが、天使とか神様とか、人間じゃないものが結構好きです。今回は和のお話でしたが、機会があったら、天使のお話とか洋風（？）のお話も書きたいなあと思っています。不謹慎かもしれないですが、聖書はけっこう悩ましい匂いのする話が多いので、ちょっとにやにやしながら読んだりします。
ゴシックな雰囲気が漂う恋愛とかもいいなあ。何しろ衣装がそそられます。軍服とかスーツもストイックで好きなんですが、たっぷりドレープの衣装には勝てません。剥いでも悩ましいですからね。

今回あとがきページをたくさんいただいたので、あれこれと余計なことを書きましたが、お話を読んで、珀晶たちを好きになっていただけたらとても嬉しいです。

最後に、お忙しい中イラストを描いてくださった佐々木先生、本当にありがとうございました。また、担当様には今回も大変お世話になりました、ありがとうございます。

そして、読んで下さった皆様に心から御礼申し上げます。

また他のお話でお目にかかれますように…。

深月《みつき》ハルカ

LYNX ROMANCE

背守《せもり》の契誓《けいせい》

深月ハルカ　illust. 笹生コーイチ

898円
（本体価格855円）

背守として小野家当主に仕え、人智を超える力を持つ由良。主が急死し、次の当主である貴志の背守に力を移すため殉死する運命だったが、貴志に身を穢されてしまう。貴志に恐れを抱く由良だが、共に生活するうち、身を穢したのは背守の力を失わせ自分の命を救うためだったと知る。不器用だが貴志の優しさに触れ、惹かれ始める由良。しかし背守の力は失われていなかった。貴志の背守にはなれないため、由良は死ぬ覚悟を決めるが……。

LYNX ROMANCE

ルール

水壬楓子　illust. 高座朗

898円
（本体価格855円）

警視庁のキャリア警察官・高森は、失恋の痛手から立ち直れずにいた。ある日、酔ってハッテン場に入り込んでしまい、危ういところを恋敵の秘書である篠宮に助けられる。篠宮の自宅に連れていかれた高森は、自分が失恋から立ち直るまで身体も含めた面倒を見て欲しいと篠宮に詰め寄ってしまう。篠宮と過ごす時間が増え、徐々に彼に惹かれていく高森だったが、彼は仕事のためだけに自分の相手をしてくれていただけだと知り……。

LYNX ROMANCE

罪《つみ》と罰《ばつ》の間《はざま》

綺月陣　illust. AZ Pt

898円
（本体価格855円）

リストラによって会社を解雇され、家族からも見捨てられてしまった41歳のオヤジ・高島。生きる希望もお金もすべて失った高島は、歩道橋から飛び降り自殺を図るが、運悪く派手なオープンカーの中に落ち、助かってしまった。そのまま車の運転手・三沢に拾われた高島は、イカサマカジノで稼ぐ相棒として、彼の仕事を手伝うことになる。しかしある夜、強引に三沢に抱かれた高島は、彼の抱える心の闇に気づいてしまい……。

LYNX ROMANCE

人《ひと》でなしの恋《こい》

かわい有美子　illust. 金ひかる

898円
（本体価格855円）

青山の同潤会アパートに居を構える仁科千尋は、伝奇小説や幻想小説などを主軸とした恋愛小説を書き、生計を立てていた。独特の色香を持つ仁科は、第一高等学校時代の友人二人に、異なる愛情を抱いている。無垢な黒木には庇護欲と愛おしみ、そして懐深く穏やかな花房にはせつない恋慕と情欲を。しかし、仁科は黒木に内緒で、花房とひそやかな逢瀬を重ねていた。そんなある日、花房とじゃれあう現場を彼に見られてしまい――!?

LYNX ROMANCE

スピンオフ

水壬楓子

illust. 水名瀬雅良

898円
(本体価格855円)

悪友で俳優の片山依光のマネージャーをしている花戸瑛は、試写会で隣の席に座った箕島彰英という男に言い寄られてしまう。過去に有名弁護士事務所に所属していた花戸は、恋人絡みの理由から弁護士を辞め恋に臆病になっていた。そんな自分を熱心に口説き続ける箕島に、いつの間にか花戸は心を許しはじめる。しかし、キャリア警察官である箕島が、ある事件のために、自分を利用していると知り…。

LYNX ROMANCE

連理《れんり》の絆《きずな》

妃川螢

illust. 実相寺紫子

898円
(本体価格855円)

極統会と通じていた警察官が殺害され、参考人として三代目黒龍会総長である那珂川貴彬が、警察に拘束される。貴彬の恋人である花邑史世は、事件にきな臭いものを感じ、裏を探ろうとする。そんな中、黒龍会の主要メンバーが次々と襲われてしまう。仲間との絆を感じはじめていた矢先の出来事に、史世は彼らを守るため、立ち上がるが…。元特殊部隊勤務・宇佐見×敏腕キャリア警察官・藤城の書下ろし掌編『岐路』も同時収録!!

LYNX ROMANCE

ネオアルカディア～奇跡の涙～

橘かおる

illust. 亜樹良のりかず

898円
(本体価格855円)

国王のバルは地の聖霊のかわりに現れた森の聖霊・レリスに惹かれ告白し、めでたく恋人となった。しかし、王の跡継ぎをめぐり周囲の陰謀のせいでバルはレリスの不義を疑ってしまう。激昂したバルは別れを決意し、レリスを遠ざけようとするが、それを知ったレリスは意識を失い倒れる。昏睡状態に陥ったレリスを救おうと、バルは虹の御子の元へ赴くが…。闇の冥王・ゼブ×虹の御子・レーネの出会い編『闇に輝く虹』も同時収録!

LYNX ROMANCE

夜《よる》と誘惑《ゆうわく》のセレナーデ

桐嶋リッカ

illust. カズアキ

898円
(本体価格855円)

「何でもするから、助けて…ッ」ライカンの血を引く魔族・佐倉湊は、祖母が強引に計画した「花婿探し」のために、グロリア学院に編入させられることに。転校前日に道に迷った湊は、ヴァンパイアの隼人に助けられ、彼の純粋さに惹かれた湊だったが、その正体は天然のタラシだった! 転校初日を終え、祖母と待ち合わせをしていた湊は、突然見知らぬ男に襲われそうになる。逃げる湊は、偶然居合わせた隼人に助けを求めるが…。

LYNX ROMANCE

狼皇帝《おおかみこうてい》～宿命のつがい～

剛しいら illust. タカツキノボル

898円（本体価格855円）

日本で神として崇められていた大神蓮。仲間も永遠の番もおらず、孤独に生きてきた蓮は、訪れたカナダの森で冷酷非道なロシアンマフィアのイゴールと出会う。初対面で彼に噛まれ、番の証である甘美な衝撃を感じた蓮は、誘われるがまま彼のコテージで狂乱の一夜を過ごした。だが、イゴールは愛ではなく、あくまで身体だけの関係を望んでいた。抗う蓮を部屋に監禁し、「大切に飼ってやる」と告げ…。『狼』シリーズ、完結！

LYNX ROMANCE

神《かみ》と契《ちぎ》る

神楽日夏 illust. 佐々木久美子

898円（本体価格855円）

清瀬神社の禰宜・音弥の元に、刀鍛冶をしている幼馴染みの大我が滞在することになった。五年間、ある事情から大我と距離を置いていた音弥は、逞しい大人の男に成長した彼にどう接していいかわからず、混乱する。そんな音弥の気も知らず、大我は強引に接してくる。一方、街では、『獣』によって人間が襲われるという奇怪な事件が発生。音弥もまた、謎の獣によって深い傷を負わされてしまう。その姿を目にした大我は――。

LYNX ROMANCE

衝動《しょうどう》

妃川螢 illust. 実相寺紫子

1048円（本体価格998円）

冷酷な美貌の監察官・浅見はある日、夜の街で精悍な男と出会い、狂おしいほどの衝動にあらがえぬまま肌を重ねてしまう。男の腕の中、すべてを忘れひとときの安らぎを得るが、浅見に残されたのは「来月の同じ日、同じ時間に、同じ部屋で待つ」という約束だけ。以来、浅見は名前しか知らぬその男・剣持と秘密の逢瀬を繰り返すが、実は男の正体は極道で…。正体不明の伊達男・氷見×極道の息子・曄の『恋一途』も収録!!

LYNX ROMANCE

ふしだら者《もの》ですが

中原一也 illust. 小山田あみ

898円（本体価格855円）

仕事場で女性からは邪魔者扱いをされているサエない公務員の皆川修平。しかし実は、男に異様なまでにモテまくり、老若男男、喰い散らかしている節操のない魔性のゲイだった。男と別れるときは、幼馴染みのガテン系リーマン・高森に恋人のふりをお願いし、円滑に男と別れていた。そんなある日、皆川はストーカー被害に遭う。危ないところを高森に助けられた皆川だが、その日から高森のことが忘れられなくなってしまい…。

LYNX ROMANCE

愛《あい》され方《かた》と愛《あい》し方《かた》

妃川螢　illust. 実相寺紫子

1048円
（本体価格998円）

男子校に赴任することになった、美術教師で秀麗な美貌の逢沢一瑳。入学式前日、理事長室に呼ばれた一瑳は、ワイルドな相貌の理事長・津嘉山誠之に、突然キスをされ、押し倒された。軽薄で強引な津嘉山の行為に怒り狂う一瑳だったが、津嘉山はその後も懲りずに口説いてくる。嫌だったはずなのに、いつしか口づけを拒みきれなくなった一瑳は…。ナンパな刑事・御木本×童顔の熱血教師・充規の『愛されるトキメキ』も同時収録！

LYNX ROMANCE

真《しん》音《おん》 2

谷崎泉　illust. 麻生海

898円
（本体価格855円）

暴力団幹部の富樫に一目で気に入られた進藤は、彼の強引な誘いに抗いつつも拒みきれず、無理矢理関係を結ばされてしまう。その後も自分を求める富樫に対する微妙な感情の動きに戸惑う進藤だったが、富樫の部下・槙原や小料理屋の女将・さめなど、多くの人に支えられ、少しずつ新しい生活に馴染みはじめていた。だが、弁護士・茂木の突然の出現に、進藤は、自身の過去をあらためて突き付けられる…。『真音』シリーズ、第二弾。

LYNX ROMANCE

ruin —緑の日々—

六青みつみ　illust. 金ひかる

898円
（本体価格855円）

親友への報われない恋の辛さ、そして政敵から受けた手酷い暴行により、心身ともに深い傷を負ったカレスは、隻眼の公爵ガルドランに連れられて、森の都ルドワイヤにやってくる。公爵の深い愛情に包まれたカレスは、傷の癒えとともに、自らの中に存在するガルドランへの想いを自覚していた。彼の立場を慮り、想いを告げることをためらっていたが、ガルドランに結婚の話が持ち上がっていることを知り…。『光の螺旋』シリーズ第四弾！

LYNX ROMANCE

同《おな》じ声《こえ》を待《ま》っている

きたざわ尋子　illust. 佐々成美

898円
（本体価格855円）

博物館学芸員を目指す木島和沙は、兄の親友でベンチャー企業の副社長である谷原柾樹と付き合っていた。しかし、ある事件により谷原に裏切られたことを知った和沙は谷原に別れを切り出すが、執拗な説得の前に「三年の間考える」という約束をしてしまう。それから離れて暮らしていた二人だったが、谷原の策略により、和沙は彼の下でバイトをすることになる。和沙の胸の奥には、まだ揺れ動く熱い想いが眠っていて…。

この本を読んでの
ご意見・ご感想を
お寄せ下さい。

〒151-0051
東京都渋谷区千駄ヶ谷4-9-7
(株)幻冬舎コミックス　小説リンクス編集部
「深月《みつき》ハルカ先生」係／「佐々木久美子《ささきくみこ》先生」係

リンクス ロマンス

神の孵る日

2010年3月31日　第1刷発行

著者……………深月《みつき》ハルカ
発行人…………伊藤嘉彦
発行元…………株式会社　幻冬舎コミックス
〒151-0051　東京都渋谷区千駄ヶ谷4-9-7
TEL 03-5411-6434（編集）
発売元…………株式会社　幻冬舎
〒151-0051　東京都渋谷区千駄ヶ谷4-9-7
TEL 03-5411-6222（営業）
振替00120-8-767643
印刷・製本所…共同印刷株式会社
検印廃止

ISBN978-4-344-81859-0 C0293
Printed in Japan

幻冬舎コミックスホームページ　http://www.gentosha-comics.net